中国女诗人诗选 2024年卷

施施然 主编

山西出版传媒集团 北岳文艺出版社

·太原·

图书在版编目（CIP）数据

中国女诗人诗选 . 2024 年卷 / 施施然主编 . -- 太原：
北岳文艺出版社 , 2025. 5. -- ISBN 978-7-5378-7123-5

Ⅰ . I227

中国国家版本馆 CIP 数据核字第 2025W4S048 号

中国女诗人诗选 2024 年卷

ZHONGGUO NÜ SHIREN SHIXUAN 2024 NIAN JUAN

施施然◎主编

// /

出 品 人
董利斌

选题策划
左树涛

责任编辑
武慧敏

书籍设计
彭振威设计事务所

印装监制
郭　勇

出版发行：山西出版传媒集团·北岳文艺出版社

地址：山西省太原市并州南路 57 号　邮编：030012

电话：0351-5628696（发行部）　0351-5628688（总编室）

传真：0351-5628680

经销商：新华书店

印刷装订：山西基因包装印刷科技股份有限公司

成品尺寸：150 mm×230 mm

字数：286 千

印张：20

版次：2025 年 5 月第 1 版

印次：2025 年 5 月山西第 1 次印刷

书号：ISBN 978-7-5378-7123-5

定价：69.80 元

《中国女诗人诗选（2024年卷）》
编委会

主编 施施然

编委（按姓氏音序）：

安　琪　春　树　戴潍娜　海　男　横行胭脂

金铃子　施施然　谭　畅　潇　潇　颜艾琳

赵汗青

目录 /

北京女诗人

云南女诗人

山西女诗人

山东女诗人

河南女诗人

安徽女诗人

江苏女诗人

香港女诗人

澳门女诗人

北京女诗人

蓝蓝的诗

蓝蓝，1967 年出生于山东，祖籍河南。少年时代开始发表作品，目前出版著作 38 部，其中汉语诗集 18 部，英语、俄语、西班牙语等诗集 6 部，散文集 6 部，童话集 5 部，文学评论集 3 部，创作话剧、诗剧、舞剧多部，有剧作在国际戏剧节中演出。

论象征

痛苦压榨你犹如
葡萄树压榨葡萄果，犹如
葡萄果压榨醉意，犹如
你压榨词语里的酒

——葡萄就是葡萄？

倘如其所是，词与非词
僵死的有机物，抑或
一棵树抽出它的意义
眼泪减去人的悲伤
没有梦，也从不存在
心碎与死亡

反对象征

不反对苹果。苹果在风中

播散香气但不宣传。
不反对一块鹅卵石，
落进水中激起一圈圈扩大的涟漪。

一只能是一。
这是现代伦理。

句号反对省略号，
氦和氖反对修辞，
锑和铋反对膨胀或收缩。

疼痛在尖叫。
伤口反对麻醉剂——

挡不住突突涌出的血流。

沮丧的诗人之歌

你的每个字都是失败。
你的词和词组。你的尴尬耻辱。

有时你企图押上树叶哗哗的韵律，
有时是潮汐无尽地涌动。

但风并不理会一个人，一群人。
风兀自吹拂，自对流层，或高速粒子。

海也并不像你，或者他。
你的每个字都是失败。

但造出它们的那些哗哗声，
一排排海浪，执着地要求你，

守住心跳的节奏。至少
——沉默卡在你咽喉的休止符。

尹丽川的诗

尹丽川，1973 年出生于重庆，成长于贵州，长成于北京。著有诗文集《再舒服一些》。

什么样的回答才能让你满意

他们都那么愤怒
他们问我为什么
那么需要男人
"就那么需要性吗……
你就那么轻易地
把身体交出去"……
如果我回答你们
我要的只是男人的怀
是一顿和平的早餐
是亲吻和抚摸头发
甚至是你们痛斥我
不懂的爱情
你们就满意了吗
我就会比现在
更纯洁了吗
而我的身体是
怎么也交不出去的
它在这儿孤单地沉默
谁也拿不走
谁也留不住

谁也不能把它和我
分开。哪怕在你进入的
某个瞬间。哪怕我宁愿
死在这瞬间，我仍然是那个
独自死去的人

巴黎：捐衣物给非洲灾民

整幢楼都欢天喜地，找出旧衣
显然，大家在电梯口多了话题
评论时事也更加地
理直气壮。那么多的旧衣服
扔了可惜，也卖不出钱。
换成道德，让我们心里健康。
回想从前，妈妈也叫我拿些裙子
给乡下表妹。那些裙子，我早已不穿
可还是流露出，舍不得的情绪。
什么时候，我终于长大成人，懂得
给别人分享，我不需要的东西
并且义正词严，让自己比昨天更高尚。

潇潇的诗

潇潇，著名诗人、画家。已出版中外文版诗集十多部。作品被翻译成英、日、法、德、俄、韩、波斯、西班牙、阿拉伯、意大利语等。曾获多项国内外诗歌大奖。潇潇被收入欧洲最大的文学词典：外国当代文学批评词典（顾彬撰写。）

聋年

今年，丢失了春天
是青龙年聋子年寡妇年，我的本命年
民间歉收，婚配不吉，旧的光泽殆尽
我扔掉弄脏的无穷，亲吻有限的吻

月光下，树亮了
——致 Ruth

国家，历史最终沉寂
于岁月的长河
一棵树亮了，在月光下
倾听电话颤动的声音

对于一个孩子
历史是鬼魅与外星人
落在裂开的土地上

一阵烟雾升起
雨珠扑向空中
播下更多的种子

在一瞬间停止
像一个念头
沉默，不言语

我不说的话
被一个盗贼偷走
封存在时间的贝壳中
等候疼痛去打开

我看见开花的星星
抛下许多痛
解开闪电的纽扣
在自然中戛然而止

废墟之上
——献给 2024 留守上苑的艺术家们

这里，废墟之上
曾是艺术的展览馆
每年，它的墙上
都挂满来自诗人
艺术家灵魂的海阔天空
——诗与画的小宇宙

六月，在突突突的震耳轰鸣中
被吞没，坍毁

它成为七月的废墟
难以置信，杂草、焰火
与有毒的曼陀罗
在废墟上疯长，开花

犹如呼吸尘土飞扬后
留守的我们
此刻，十月二十一日下午三点半
站在上苑艺术馆的遗址上
致敬！诗与艺术
还有一个名字叫不死

注：2024年留守上苑艺术馆的艺术家：李念奴、詹明昭、石详宇、刘冰凌、韦安、汤军、潇潇、姚丽双、罗应龙、段维国、布木布泰、禾子、赵家漩、李海英、朱鹏飞、孙榕宁、王晓燕、张宗希、芳华、何咸明、道日娜、涂海燕、孟志、行云、维马丁（奥地利）、Goran Stakic（塞尔维亚）、David Brubaker（美国）。

春树的诗

春树，作家、诗人。山东出生，北京长大。曾经被诗江湖网站称为最年轻的优秀诗人，已出版《北京娃娃》《乳牙》等六部长篇小说，另有诗集《激情万丈》《春树的诗》《郁金香》（维也纳出版）。主编《80后诗选》三辑及《那些写诗的80后》。其小说已在二十几个国家翻译出版。

重返未来

从布拉格到布达佩斯的火车上
我看到很多帅哥
还有模样漂亮大方的女士
帅哥淳朴又帅
看起来也喜欢摇滚
亚洲面孔的打扮
都像是日本人
如果我没看走眼的话
就是九十年代
《东京爱情故事》里那种
我们登上一辆
开往过去的列车
一辆我早就该上的车
看完该看的风景
说完该说的话
然后
再回到未来

在布达佩斯的滑冰场上

在布达佩斯的滑冰场上
男孩和女孩正在滑冰
这是一个小小的滑冰场
在我们路过的一个
小小的街心公园里
滑冰场后面是棵巨大的树
树后面是一幢居民楼
居民楼里亮着灯
其中有几户
还能看到
屋里的书架
这个小小的滑冰场上
有个男孩滑得特别好
他也注意到了
站在滑冰场外
扒着栏杆
观看的我
有那么几秒
我走神了
如果这是电影
就好了
是电影
我就可以随时观看
我就可以
时常回放
或者
再也不出来

星光下，一只瘦狐狸

它在地下停车场的门口徘徊
Caesar 正在里面玩
是它的叫声把它引来的
这是我在我家院里
第一次看到
传说中的狐狸
应该就是前几天邻居保护 Caesar
用棍子把它赶跑的那只
它绕着儿童游乐区
打转
别提晚上了
就连白天
这个带沙土的儿童游乐区
也没什么孩子玩
它看着我
想接近地下停车场的铁栅栏
我站起身
它害怕
颤抖了一下
跑远了几米
低头似乎在找什么吃的
又跑开
一会儿又跑了回来
好奇地看着我
又过了一会儿，它跑了
不知道去哪找吃的去了
它瘦得像一只很瘦的狗

秦立彦的诗

秦立彦，诗人，译者，现任教于北京大学中文系。出版有诗集《地铁里的博尔赫斯》《可以幸福的时刻》《各自的世界》《山火》，并有译诗若干部。曾获人民文学奖、丁玲文学奖、李白诗歌奖。

力量

种子推开头上的土块，石块，
树根让城市的水泥地面鼓起，变形。
春天，无数花叶从草木的身体萌生。
燕子的翅膀只有几寸宽，
它们每年丈量一万里的距离。
空气几乎不存在，
但它愤怒的时候奔走呼号，
推翻房屋。
水没有骨头，
但雕刻着全世界的海岸，
像无数把刀。

缝缝补补

我们的衣服上不再有破洞，
但我们变成了我们的母亲——
我们给自己缝缝补补，
因为没有人在这世界上能一直完整。

从某个时候开始，
我们总是听见破裂的声音，
我们刚刚补好这里，那里又绽开，
直到我们像我们的母亲一样熟练。
我们对自己说，没有人能一直完整，
就像穿过风雨的帆，不必完整。

行走

我在高楼间行走，
或者说在狭长的星空下行走。

我看见一颗星，
或者说它看见我和许多别的人。

我走在水泥路面上，
或者说走在弧形的大地上。

我走在黑夜里，
或者说我穿过黑夜，
像海波中的一条鱼。

我走过树下，
或者说，一棵棵沉默的树，
向我身后退去。

戴潍娜的诗

戴潍娜，毕业于英国牛津大学，文学博士，杜克大学访问学者。现供职于中国社会科学院。出版诗文集《瘦江南》、童话小说集《仙草姑娘》、诗集《面盾》《我的降落伞坏了》《灵魂体操》等。曾荣获2014 中国·星星诗歌奖年度大学生诗人，《现代青年》年度十大诗人，太平洋国际诗歌奖年度诗人等奖项。

她周身幽僻角落里藏有许许多多游曳的鱼

如果一个人身体 70% 由水泽构成
她体内僻远角落里一定藏有许多游曳的鱼
黑暗中发光的鱼群　从骨髓游至唇边
从隐蔽的湖泊　探出红色的鳍
又迅速返回脊背后的巢穴
如一个未投递的吻？不同意见？
抑或感应到不可思议，未知而美丽的危险

幸福尚未开始战栗。鱼群侵袭
——一次小型的精神失常
我的仓皇，渴念，嘤嘤腹语
我的莽闯，野性，傲视群敌
在沸腾的心湖中熔炼，悄悄冷却
鱼刺凝成铸铁，敲打炉体
随着被榨干的最后一滴汗，滑出体外

当我在雨天醒来对着爱人按下断裂的琴键；

大脑空白　费解生活为何走到这里；
诧异身体一天天不属于自己；
那似乎是在等候——
鱼群捉摸不定的讯息
谁又注意到邻座姑娘迅速擦去的泪水，
里面有尾蒸发的小鱼

自始至终我被这些游来游去激起泡沫的鱼搅得心乱
它们不构成任何行动，也不会真正消失
却千真万确带走了一部分命运

回头箭

第一次，我飞得这么高
像撒出去的鹤
白翅掠过宫檐和金色瓦盖
不知是风在背后使劲推我
还是我使出了全力

擦肩是那样快
快到心都掉出来了
或许，我是一支回头箭
由那莫名的操控者
从过去射出
现在，梦里，它反射回来
——直捣命运

三十岁前我从未在梦中飞行
如今却频繁练习"飞翔术"
命运终于开始了它的热身

城市轻轨贪吃蛇般轰隆隆从天空半腰窜去
一些窗口这时点亮，
另一些被黑暗吞吃
每个人使用自己的运气
维持了光明的平衡；
可如果，
你不想做一支傀儡之箭
你想做一支回头箭
射回那看不见的手
谁又会颤抖？

安琪的诗

安琪，本名黄江嫔，1969年生于福建漳州。闽南师大诗群成员。现居北京。著有诗集《你无法模仿我的生活》《暴雨和绵羊》《时间的证据》、随笔集《女性主义者笔记》《人间书话》等多部，合作主编有《中间代诗全集》《北漂诗篇》等。"安琪"词条被写入美国出版的《中国现代文学史辞典》。

鸦群飞过九龙江

当我置身鸦群阵中
飞过，飞过九龙江。故乡，你一定认不出
黑面孔的我
凄厉叫声的我
我用这样的伪装亲临你分娩中的水
收拾孩尸的水
故乡的生死就这样在我身上演练一遍
带着复活过来的酸楚伫立圆山石上
我随江而逝的青春
爱情，与前生——
那个临风而唱的少女已自成一种哀伤
她不是我
（并且拒绝成为我）

当我混迹鸦群飞过九龙江
我被故乡陌生的空气环抱
我已认不出这埋葬过我青春
爱情的地方。

菜户营桥西

自此我们说，可以拐弯了，可以走辅路走路漫漫的路
其路也修远其求索也艰辛其情也苦其爱也累其人其物
不值一文其生已过半其革命已成功或尚未成功其遭遇
也丰硕也奇异也幸福也荒诞那么我们说，你还要什么
你，在路上的你，追赶时间的你，欠死亡抽你揍你的
你，女性主义的你，你还想要什么？

菜户营已到，这左一道右一道的桥嫁接在空中使平地
陡然拔高几米，你转悠其间自此我们说，可以安歇了
那些临近崩溃的楼层在夜晚换了面目，孤云缠绕某夜
我们看见月亮像白血病患者惨淡的脸凄清而哀怨某夜
凉风曝光了草丛中草拟的意识流我们在长椅上的幻想
那些过往的困惑因絮叨而成型而复活落迹于刹那光影

我们，在路上的我们，被时间追赶的我们，热爱活着
的我们，并不存在的我们，我们还能要什么？

暴雨和绵羊

暴雨将至时，绵羊像一条河，一条
白色的河，在绿色的草原上流过来

流过去。它们慌乱而惊恐，盲目地
在绿色草原流动。它们最终能否躲过

暴雨，答案是否定的。草原太大
暴雨太快，暴雨砸下来时也就砸

下来。暴雨砸下来时绵羊也就只能
被砸，之于绵羊，被暴雨砸过以后

绵羊还是绵羊，之于暴雨，砸过绵羊
以后，暴雨已经不是暴雨，而是绵羊

杨碧薇的诗

杨碧薇，文学博士，艺术学博士后。中国作家协会会员，中国文艺评论家协会会员。学术研究涉及文学、摇滚、民谣、电影、摄影、装置等领域。现居北京。出版《下南洋》等诗集、散文集、学术批评集共六部。主讲网课《由浅入深读懂汉语新诗》入驻腾讯视频。

枯山水

我赞美我们身上虚拟的山水
它们的交融与差异
赞美一念
赞美我们之间正在发酵又注定隐颓的春氛

春城

要怪，就怪这南方城市
没头没脑的引力波
怪它周身，布满感觉的过敏源

怪她来时，步履太轻捷
风吹紫绸衫，粉荷舒展

三个人，从讲武堂
走到翠湖边

从煊煊日色，走进灯影浓稠处的烧烤店

"你回来吧，"
他们一再说，"回来，写一部属于你的
《回云南记》；或者别的，
你的山川，过往，江湖。"

她，定居北方的云南女人
他们，以云南为家的北方男人
——尚未相识的少年时，彼此的轨迹
就一直逆向行

她看看他，再看看他
博学的已微醺成小孩
自称早已不是小孩的，此刻更加小孩

各有各的可爱，各有各的沧海
说这是蓝色呢还是宝船
是向日葵呢还是洋牡丹
是"犹如故人归"，还是"当时已惘然"

噼里啪啦哔哔剥剥，心中珠子串成串
嘈嘈弹，伴舞烧烤架的炭火
三个人的账怎么算

奇妙的困惑笼罩着他们
糖水般，拖泥带水的甜
掺杂着一匙苦，两抹果酸，万千丝粘

她在烟火的缭绕下放逐了判断
似乎眼前的路，朝向哪条都是辜负

唯恐走太远，错失这一壶春醅
唯恐靠太近，睁开眼，恍然落木

只好碰杯，友谊万岁
并肩笑着，朝向不可能抵达的人生阈值
跳伞，登山，蹦极，划船

她的心哪
细枝儿托着绝世玫瑰，颤颤又巍巍

有一种想对全天下美好说"你好"并抱紧的冲动
"那么，就让我们跑起来，
穿过熟睡的城市，
迎着滇池的风，头顶星空，
不问尽头，不问意义……"

注：
犹如故人归：杜牧《会友》诗句。原句为"与君初相识，犹如故人归"，曾被云南茶花烟引为广告词。
当时已惘然：李商隐《锦瑟》诗句，原句为"此情可待成追忆，只是当时已惘然"。

里所的诗

里所，出生于1986年，诗人、编辑、译者、野生画家。2006年开始写诗。出版有诗集《星期三的珍珠船》，译作《爱丽丝漫游奇境》《关于写作：现居北京。布考斯基书信集》，绘本《危险是真的危险，美是真的美》。

椅子的眼泪

摄影师说：
你想不想哭，给你拍一张哭照吧

我说：我哭不出来，我很久不哭了

摄影师说：你背对着我，心里想着
你爱过的人，你要用眼睛给他写一封信

我转过身，有些遗憾和不甘心
但真的哭不出来

我说：要不我做一把椅子吧，一把椅子
不说话也不喘气

我睁大眼睛，看着镜头
真的不再呼吸，两三分钟都不眨眼睛

眼泪却流了出来

在我一动不动，沉浸于
做一把椅子的时候

七夕

三轮车开出村庄
虫鸣水声
从轰隆隆中浮出来
风是薄薄的凉网
刚一形成就破在
脸上脖颈上
右边是溪流树林
左边是山
近得都能抓住
萤火虫出现了
轻飘飘的小亮点
在黑色里悬停或移动
不多
但一眨一眨的时刻
有人说足以感到了幸福
幸福得要手牵手才能感受
这种幸福
牵手可爱
只是牵着手
又如何逍遥游

暗流

坐在船上

望向浪褶均匀的海面
你又说了一遍
"看，那就是暗流"
我循声去找
黄色的波浪
一层层向后
和你的语气一样轻柔
看不出哪里有暗流
但你的声音
让我感到
某种隐藏的力
正在我们四周激荡

杨清茨的诗

杨清茨，诗人、作家、书画家。中国作家协会、中国文艺评论家协会会员，北京市东城作协理事。诗歌获文旅部"百年百剧"奖及"长征文艺奖"多项奖项，散文集《何曾东风旧》获冰心散文奖及浙江省优秀出版物奖，散文《父影琴踪》入选教育部初三年级中考试卷。

南玉带胡同

似盲者摸路
似异乡人探奇
在玉带般弯曲的火衖
在每一段青灰色的墙头
拐弯，再拐弯
我与太阳竞赛着时间并乐此不疲
看它从弄巷妇人晾晒的床单被罩
稚儿骑着的小小卡通车
门口始终罩着防尘布的车辆上
一寸寸滴落

"磨剪子喽，戗菜刀……"
一声声，一声声都是春天吹响的唢呐
在驾着改良板车穿街游走的世间背影里
在即将暗沉下去的光线里
照见元曲明诗的烟火气

庭院四季笔事

像棉花的白云躺在天空
天幕披着碧蓝的丝绸
小雀在草地上啾啾呜呜
在灰色屋顶的瓦缝间不安分地跳跃
她的青春叛逆期
"布谷布谷"是布谷鸟钟情一生的歌曲

爬山虎翻墙而过
她柔软的身子侵占了屋檐齿的左前槽
蚯蚓从这块土地耕作到另一块
她是勤劳的犁者
七星瓢虫趴在翠竹的躯壳上
研究了许久

喜鹊飞上高高低低的枝头
尾翼在空气中流畅剪出一圈圈秋色涟漪
她叫喳喳的热闹像是一场"欢唱迪"

斑鸠在槐树的争论如昨日一般尖锐
就像通体蘸满墨色的乌鸦在空中盘旋
"鸦鸦"鸣叫的凄厉，却难以抹去它眼底的火焰
熊熊燃烧

有时，银杏叶任性铺泻全世界的金黄
随流浪的风满地打滚
鱼儿可咬断残荷的躯干，可在银白的冰下静眠
它们张开圆圆的嘴，湖面上便升起类同透明的彩蛋

金乌总会在暗色来临前，坠入惯性的尽头
光阴从不肯妥协，它在无界限的延伸
庭院写下一本厚厚的日记，记载着
一切众生的喜怒迁留

每当月儿从高空弯下身子
它迷离的眼眸便化成一汪柔和的泉水
每当你再想听见一些什么
夜，只会留给你一种意味深长的沉寂

罗曼的诗

罗曼，1992 年出生于北京海淀，现为《诗刊》编辑、中国诗歌网新媒体部主任。诗歌作品偶见于《北京文学》《青春》《诗林》等。

世界才仿佛

一人去看电影，并不奇怪
到城市另一端赴约

有时只是环绕在暗红座椅
做二十世纪三四十年代的幻梦

荧幕暗下来，世界才展开
你才仿佛重新回到我身边

销声匿迹，在仅有的两个钟头
切断与此世的关联

混迹于同一片黑暗
体会同样的哀乐与忧愁
默契笑出声，又偷偷拭泪

你的轮廓模糊，呼吸
却清晰可闻

走出影院，就没人记得

我们生命的一小部分
曾在那儿短暂停留

（离开的时候
世界照旧运转了一会儿）

葭苇的诗

葭苇，出生于立春，诗人、译者、儿童诗歌教育者。毕业于北京大学外国语学院，现居北京。主编《海外华裔童诗集》，著有诗集《空事情》。

蜂蜜
——寄致水

地球发颤的花朵
稳稳地
撑举着花蜜
中提琴的世纪
阳光戳破了野蜂翅膀
也是一支音符
音符是为了得到一些纪律
一升，一降
祖父在梯子上爬上爬下

碗

来不及美容
便烧成一只碗
只要每天出现在饭桌上
工作便进展顺利

连瓷器也称不上
只知道每天八点钟
把口腹要求的东西交上去

我要酒，它却给了我活下来的水
俗气的花纹有什么要紧
谁说碗口非得是金币一样的圆形？
它把一切都变成太阳色的饮食

怒火中，摔了个粉碎
那便是人类的生活

舌头下的种种腔调
还在他们的语言中游荡
究竟什么才是伟大的美？

在恒星和宝藏之间
妈妈买回一只碗

张慧君的诗

张慧君，诗人、译者、北京大学医学博士。现居北京。参加《诗刊》社第三十八届青春诗会、第十四届"清雅荥经·十月诗会"。著有诗集《命如珍珠》，译著有《宁静时光的小船：简·肯庸诗全集》《幸福的 16 种大脑类型》。曾获江南诗歌奖、拾壹月诗歌奖·新锐诗人奖、未名诗歌奖等奖项。

幸存者

我是一个因偶然的侥幸而幸存的人，
那场悲剧以后，除了死去的童年同伴们
以幽灵的形态萦绕于空气，常伴我身周，
我几乎不停歇地与亡灵对话，我在平庸时代长大，
继续着基岩和饮用水一般的生活。
有些人被惩戒了，但"恶"的本体还在，
魔鬼创作着主题与变奏曲式。我没有权杖，纵然牺牲
铁钉和利箭刺透殉道的身体，流泪般的血，是无谓的。

我的父母慢慢遗忘了我是一名幸存者，
所有活着的人本就是幸存者，只是忘却了死亡，
俗滥的惯例和假金赝币塞满空心人的空虚之灵府，
我与父母的关系时而紧张对峙，可唯独他们深深爱我。
我的翻花绳、跳橡皮筋的小女孩们，打弹珠的小男孩们，
我不知你们最终会去哪里，你们缺席，却一直不愿离开
因为我知道，那时刻，你们肉身很痛，很想存活
我陪伴你们，长成大人，工作倦怠，结婚，离婚。

我在迷津和褶皱里追寻着粉末状的希望与爱，
无自毁情结，盛装打扮，等待一个透明、隐形的恋人
细嗅他不似桂馥兰馨的独一香味，读他的诗，
那里有一个浩阔陌生的世界，没有我的身影。
甜蜜甘美的欢愉过后，我和他对于彼此是单子。
我自己呢？我缄默于奥斯威辛的万分之一。
有时，我进入漫长的守灵之夜，凝结的沉寂，
或者喃喃起来，你们纷纷叽喳，一阵骚动。
有时，我做着志愿者工作，热心如河川的一滴水。

日月之下

生而为鸟幸福吗？
做跳群舞的椋鸟群中轻盈的一员，
与同伴完美地合作一场空中表演，
直至最后一缕阳光消失。

生而为鱼幸福吗？
繁殖季节一条雄三刺鱼装扮上一身
艳丽奇异的婚装，眼睛像蓝宝石，
腹部鲜红，背部变成荧光灯般的蓝白色。

生而为昆虫幸福吗？
蝉在高树上唱流丽清亮的歌。
蟋蟀在草丛里拉小提琴演奏小夜曲。

而人类的家宅里，深夜
黑暗之中的某处，一只玩偶无法
带着雄鹰的气魄，幻化出翅膀飞离，

她的脸被乱涂，裙子的花边肩带断了。

玩偶的主人会渐渐学到
世界是一个危险的地方
大人们会让孩子们失望
那些应该保护他们的人施展规训，
给予严威、限制，将俗套强加。

家宅从有些冰冷变得酷寒，
甚至有一天，男女主人决定
彻底忘却曾经的示爱与芳心，
他不再暴虐、发号施令，而是抛弃。

太阳倾听万物，目睹万象。
月亮感知、洞察万千的梦。
时常，有琴声断掉，响起哭声。
一朵不重要的花悄然进入狂喜。

赵汗青的诗

赵汗青，毕业于北京大学中文系，现居北京。从事戏剧创作，代表作话剧《桃花扇1912》。曾参加十月诗会、青春诗会，作品见于《人民文学》《北京文学》《上海文学》《十月》《诗刊》等刊物。出版诗集《红楼里的波西米亚》。获光华诗歌奖等奖项。

温泉里的孤独颂歌

第无数次在别人的梦中奔向温泉时
我在想，是不是我闹腾的皮壳底下
确实有个孤独的馅儿？孤独得
就像每个凌晨，安静躺在温泉边上的水果
草莓、樱桃、杧果、哈密瓜……
它们都是自己的色谱家族里
最好看的那个。它们
瞌睡在烟雾缭绕的云里
如凌霄宝殿里扇扇子的精灵
再熬夜，依然妆容鲜妍
我知道这里每天都是热闹的。热闹得
好像人人都在过大脑里的泼水节
这孤独里也是大喧闹。安静的水
让我的皮肉欢呼雀跃地
流窜到空气中，做气态的逍遥分子
温热的水，让每个冬天所有的冷
从固态，揉碎成了液态
温泉给我明亮的睡眠

灯火通明的梦、只要一踏入
就能在我躯壳里嘀嗒的甜
我总爱逃逸到这儿来
从寒冷中逃逸、从疲累中逃逸
从会关掉灯的时间里逃逸
逃到永远流淌的、永远不会关灯就像
水永远不会关掉波纹的更漏里

春变脸

在花园里住了快十年后
我逐渐对地球的颜色变化
有了点看得见的认知。比如
世界最初是灰色调的，然后
会突然透出，让人猝不及防的粉
你说这个几十亿岁的老星球是不是个
现代诗人？而且一定是这一百年的
不然怎么会，这么精通调色盘上的
远取譬。冷冷的粉用命
推出渐渐暖和的粉，与此同时
水会从发蓝的绿，一不留神
就开始翠色的、波形运动
当小雅生完了大雅，小粉拽出了大粉
一切就该发展到俗文艺了。连翘
迎春，像夜市里的烤串一样支棱着
吱啦着夜色。科技告诉我
我从小一直把紫荆
错看成了紫薇。美人梅红得像一种
大红大绿的民间艺术，足够俗
俗到人眼珠一辣，它敢直挺挺地在风里作乱

炫耀着一种近朱者黑。偶然路过的山荆子
如一场会把我推到高处的雪崩
灿烂的白开始淹没我。直到我也心甘情愿地
在芬芳的雪之下
变成冬天。我常想，一种花没有诗
或者丢掉诗，是不是更好
这样，会让它的美看上去
更像是盘古种的。

梁小兰的诗

梁小兰，中国作家协会会员，北京作家协会会员，北京老舍文学院中青年作家（诗歌）高研班学员，爱好写诗、画画。现居北京。著有诗集《玻璃上的光》《镜中的尘土》。获第十一届诗探索·中国红高粱诗歌奖。

怜悯

我不能过分怜悯落日、夜晚、残损的荷叶

我不能怜悯一只无家可归的小猫
它躲在单元门口，不敢四处流浪
我不能过分怜悯它的胆怯
我不能过分怜悯一块砖石，它碎了后
被遗弃，成为废墟里的一份子
我不能怜悯它的哭
我不能怜悯一颗白菜，它开始发黄
流出脓水
我不能过分怜悯它的腐烂
我不能过分怜悯一只鸟，它的巢被抢占
而盗贼还在树上唱
我不能过分怜悯它的软弱
我不能怜悯一只蜘蛛，当它垂着丝
晃来晃去，无处着落
我不能过分怜悯它的绝望
我不能怜悯一段烟雾，它的出现如波涛汹涌

散去也如闪电
我不能过分怜悯它的转瞬即逝

当我在路上独自走
我不能过分怜悯一个人的孤单、寂寞
不能过分怜悯一件事物的
哀或喜
悲痛或死亡

河北女诗人

李南的诗

李南，1964 年出生于青海。现居河北石家庄。1983 年开始写诗，出版诗集数种。

我喜欢边走边逛

我渐渐力不从心
跟不上时代
那快节奏、加速度。
狂热的人潮
都在奔赴伟大目标。

我只喜欢边走边逛
经过一座山
与巉岩、古刹、三叶草
相互辨认。
路过一片草原
追随两只蝴蝶翩飞
与黑牦牛、狼毒花结为兄弟。

我渐渐脱离了队伍
成了一介闲散游民
说起来奇怪——
我的领地荒芜、缺水，地处边缘
却收获了这么多麦穗。

手机相册

在飞车中拍下的落日
斑块意外地裂变出油画奇效

格桑花特写，远景里松树孤绝
大海与天际之间是地平线。

十年前的自己，也曾可圈可点
如今却显现出沉沉暮色

喜欢过的那个人
现在看上去，也就那么回事。

泸沽湖的新娘，巴塘草原的孤女
不知道后来怎么样了？

算计他人的那伪君子一脸无辜
宽恕。宽恕让路途万里晴空。

祁连山白雪皑皑
西双版纳的霸王蕉和傣族女

有一些照片像素模糊了
有几个亲友已经不在人世。

影像就这样闯进记忆
"死亡不是终点，遗忘才是……"

姐妹们小聚

发福、白发、皱纹、疲惫……
每个人都没有逃过。
说着恭维的话，放大
对方身上某一微小的优势
回忆起年轻时候
喜欢过的一位男士
仿佛青春重又回来
沉醉于葡萄酒的醇香中。
婚姻失去了水分
苦苦支撑着摇摇欲坠的房梁。
美貌、丰腴、妖娆
文艺青年的小确幸
一概被生活撕成了碎片
变得面目全非。
可不管怎么样，姐妹们都挨过了
从量子纠缠到量子坍塌
鲜明的个体，变成统计局的数字
姐妹们滚过了刀尖和沥青……

施施然的诗

施施然，本名袁诗萍，诗人，画家，主编《中国女诗人诗选》，中国作家协会会员。出版诗集《隐身飞行》《唯有黑暗使灵魂溢出》《走在民国的街道上》等5部。曾获河北省文艺振兴奖、中国长诗奖、《现代青年》当代青年诗人奖等奖项。

阶梯教室

我们是两个温暖背影
是幻灯的柔光，打在荧幕上
伴随着老师突然的提问
我们撑同一柄伞
走进无垠夜雨
身体给予彼此体温
那个飘荡着闪亮雨丝和
梧桐黄叶的秋天
命运将你我使劲推向对方
连星空都无比耀眼的年代
我们的足迹遍布校园林荫小径
图书馆的静默刚好
录下我们窃窃私语
我们看午夜场，品尝
槐北路上拥挤的小吃摊
香菜的油绿点缀热腾腾馄饨
白汽升腾，在你宽阔的额前，仿佛
弥漫的大雾隔开了两岸

我们终究在拥抱中，交错了道路
在无限靠近中，越走越远
水泥阶梯教室，早已轰然消逝
但心灵为它保留了下来，如同
遥远黄昏的一对火烛
模糊，动荡，始终闪着微光

清明在大佛寺所感

四月，雨以液态的针尖
落上我裸露的皮肤
细风牵起玉兰孤绝魂魄
在天空微妙移动和变形中
乌鸫叫声泉水般清澈

视线所及处，琉璃瓦在滴水
梵音像雨丝若有若无
红墙内，伸向炉鼎的
布满老年斑的祖母的手
青筋暴起的壮年的手
女人纤瘦的涂了指甲油的手
缕缕檀香告慰着人心

富人祈求更多的钱币
穷人祈求平安——
他们并不相信
尚未看到的世界

络绎而来的朝拜者
都有一颗孤独且

不甘的心
都曾有一副逝去亲人
日渐衰弱的形体
迭代周而复始
他们长出新面孔
罹患健忘症
重新尝一遍人间的药

蓝花楹

可媲美居里夫人的气质
她们是理性的火
遥遥地燃烧在空中
那蓝紫色的光，绝世面孔
让每一位仰望她的人
惊叹，造物慈悲的垂青

黄昏中缠绵的小径
头顶旋转的星辰，此时
都从我们灼灼的眼睛里隐去了
赞美之歌，掀起阶梯式潮涌
一瞬间，占据了整个世界

偶当夜雨来袭，有些花瓣睡去
铺满了树冠下潮湿的泥土——
她改变了中国古人
创造的"落红"。她是"落紫"

是什么使她活在信念里
即使落地多时，也绝不褪色？

穿过尘世里这面陌生的镜子
我是从这意外的照见里，醒过来

唐小米的诗

唐小米，现居河北唐山。曾从事媒体记者、主持人等工作，出版诗集、散文集多部。

寻找布谷鸟

一个瘦削的人站在河边
站得久了，路人生出多余的担心

"布谷，布谷……"这时，对岸肥大的芦苇丛中
突然传来布谷的啼叫——大自然的闹钟响了

一声一声，瘦削的人终于从梦中醒来
像一根春天的芦苇，应和着，捻动着尖细的喉咙

他应该很久没有这样叫了吧
——盖过一切声音，却又藏在人群之中

而这一切多像个奇迹。一声一声
在他的身体里。没人能关掉它，没有人找得到它。

每天都有一条河在阳台上流逝

风这个帮凶啊。花在布上飘，水滴下它们的颜色
——生命里的每次晾晒，都像一次撤退

就算一头奔跑的小鹿也会褪色
一棵代表长青的松树也会，阳台上

每天都有一条河在阳光里流逝。
而母亲喜欢沿河岸散步，远远望去

花白的头发，渐和一片芦花混淆
这宽大的阳台，只剩一件花衬衫随风摇摆

八十年来，她一直在褪色。像在做游戏。我唯一的办法
就是扯着嗓子，一声又一声，把她喊出来

就这样想起你

锅里的水在涨潮，一碗热抻面端上桌
对面的陕北汉子，正咕嘟咕嘟冒着热气

安排青菜去清汤边垂钓，牛肉和豆腐
是我和你——两个打得火热的异乡人

一根面条，仿佛穿过十三省来陪我
就像孤独时，一条不知名的河安慰过我

不在碗里，在地图上
那时它温暖，自足，热气腾腾穿过十三省

仿佛你的消息。我的手指
一直跟着它走了很久

田耘的诗

田耘，哲学硕士，文学创作一级，中国作家协会会员。著有中国第一部城市史诗《石家庄长歌》等诗集三部，百万字作品发表于《诗刊》等。曾获清华大学出版社迎国庆 70 周年全国最佳诗歌奖等国内外诗歌奖项 24 个，入围第三届昌耀诗歌奖。

左手是矛，右手是盾

一朵花在她的体内渐趋凋谢的时候
她翻开了世界之书的另一面
在人群的深处，她是一只安静的绵羊
但公交车上，一双拾金而昧的手
却扇了形而上的她一记耳光

向下，向下
她的目光一再向下，落到尘埃里
甘心与草芥为伍
万水千山皆已阅尽，如今的她
见山还是山，见水还是水

清早的大街上，挤满了赶路的人民
他们怀揣着自己的作业簿，开始了一天的功课
她也是其中之一
对于那些把她当做美女来膜拜的眼神
她很想说出"色即是空"的评语
但是，一条新鲜的鱼尾纹

却猛然间刺痛了她的手指

这时，她才发现
原来自己，左手是矛
右手是盾

一个 21 世纪的唐僧

尘世的光线忽明忽暗
幸福的人在明，不幸的人在暗

世间的痛苦七十二变
每一种的样品他都免费品尝过
他既不用喜来杀死悲
也不用悲来杀死喜
因为存在的即是合理的

虚伪的奉承不会增他一毫
语言的毒刺也不会减他一毫
遇桥过桥，见招拆招
没有观音大士点化他
他纯属自学成才

谁也不知道，这一生
他已不动声色地经历了
九九八十一难
真经，已然成竹在胸

他的人生简历只有短短两行：
"前三十年，度己

后四十年，度人。"

伤疤

我们家有一块七十年的陈年伤疤
这块伤疤，源于 1950 年初京汉线上
临时扳道工赵大爷的一次白日打盹
如果不是因为前一晚的狂风暴雨导致的失眠
赵大爷就不会犯困，打盹了五分钟忘了扳岔道
如果那天一个轮子脱轨的，不是开往苏联的国际列车
天津火车站的老周站长就不会蒙受不白之冤

如果蒙受那场不白之冤的人
不是因为兢兢业业抢修解放之初
形同废墟的京汉线而舟车劳顿、
寝食难安，每天只能咽下掺了沙子的干饭
因而榨干了本已十分虚弱的身体的老周
挺着大肚子坐着闷罐子火车一同南下的我的姥姥
就不会连续三次收到丈夫的病危通知书

七十年了，这个伤疤已经又大又硬
现在，我的家人聊天时
总会千方百计绕开这个伤疤
因为只要稍有疏忽
我的姥姥就会变成一个声泪俱下的祥林嫂——
"真的，我当初要是不让他南下就好了……"

但我们知道，不管我们碰不碰它
这个伤疤一直都在那儿，它是不可逆的
一粒暗物质

艾蔻的诗

艾蔻，中国作家协会会员，鲁迅文学院第三十一届中青年作家高研班学员。参加《诗刊》社第三十三届青春诗会，曾获中国出版政府奖图书奖、华文青年诗人奖、长征文艺奖、扬子江诗学奖。

十三岁

我在昏黄的路灯下写信
用笔帽破损的钢笔：
我就在她家楼下
雨停了，倚着昏黄路灯。

对折横格纸，对折之后
再也没打开过
我穿过夏日花园
穿过蜂鸣与紫外线交织的斑驳
去理解地下七年的蝉
去理解爱会走到结束那一天
不会。
至少那天到来之前
如此。

我已足够安静，仍然害怕
阴晴不定的黄昏、路灯
疑似她又不是她的脚步声
我已度过无数夜晚

在失眠的辗转中写信：
我理解了爱，切不可变成仇恨
直至它最终变成了仇恨。

1992 的撒哈拉

我把头发扎起
饶舌的马尾，像个少女
三十年前我就这样
头发聚拢
高高的，甩来甩去
妈妈偶尔也给我编辫子
但我很难顺从，我缺乏耐心
后来头发总是剪剪剪
再也留不长
差一点我就忘了，一匹马
甩着尾巴
袭步在后脑勺的滋味
有点疼
也有点累
我独自坐在路边
被缰绳捆绑，没有玩伴
只有马蹄踏出的节奏
对应着
一颗一颗消失的星

黑龙江女诗人

袁永苹的诗

袁永苹，现居哈尔滨。著有诗集《私人生活》《心灵之火的日常》《小哀歌》《人鱼表演》等。曾获复旦大学"在南方"诗歌提名奖、北大未名诗歌奖。

选择

在诗的尽头，有一首抒情诗
一直在诱惑着我，进入情感。
廉价、单薄，雕刻人世的正面，却
背对着艺术，真正的。
我现在就要宣布：
我讨厌那种在我灵魂上挂一根细线随意拉扯的诗歌。

鱼日

起初我们被太阳的暧昧晒得昏沉，
想睡觉。我就坐在风景的明信片里。
后来，居然开始打雷下雨了，
风向即刻变化推动着水面它自己的波浪。
江鸥表演着点水滑翔的技巧，
我不知道它们是喜欢下雨，
还是不喜欢，甚至无所谓。
一阵乌云经过，下起了豆子般大小的阵雨，
我们冷了，我穿上了防风衣，撑起了

深色遮阳伞。不一会儿，雨又停了，
河水拍打着岸边发出清脆柔软的响声。
涟漪缓缓散开，意识放松失去警觉，
几近在水面行走。
橙绿色的鱼鳔像是在永恒光滑的
水平面旋转的一根针。
我被带入到永恒的催眠中，
危险就在几十米深的水下诱惑着我。
假象令我产生悲哀的幻觉：
我能够在水面上行走。

陈陈相因的诗

陈陈相因，1998 年出生于大庆市，祖籍黑龙江省呼兰县，诗人，青年作家，复旦大学比较文学与世界文学方向在读。出版诗文三十万字，代表作有少女时期创作的散文小说集《以梦为马》，2024 年雅众出品的诗歌精选集《乐园 37 号》。曾获光华诗歌奖、樱花诗歌奖、快速眼动诗歌奖。

前男友

梦见本人的头婚，
前男友们到场，有说有笑。
实现这张圆桌，骑士们会发觉
自己经过精心挑选。
天文，地理，对暗号一样。
恋爱的快乐，
来自爱上我曾仔细研究过的，
他某位素未谋面的兄弟。

如此的有趣梦，
说明我是因掏心掏肺而没心没肺的女人。
受害者职业、年龄、身高各不相同，
高考成绩天差地别。
她不似丘比特，
她是爱的神农尝百草，挽着压寨的
新丈夫，邪恶地和诸位前人宣布，
下一任情人，未必懂中文！

在他鼾声如雷的时候，
我是冷静的法医，嫌恶地看着熟睡的虎躯。

忆及前男友，想报复，想超越，
牙痒痒的同时，想把他们想到暴毙，
结局是光脚站在卧室的凉地板，
像梦醒的辛德瑞拉。
我快忘了每次分手的具体原因，
关掉偶像剧，合上言情小说后，
幽暗时代只剩下歇斯底里的家庭，
背负不高、不富、不帅命运的人。

年轻的灰王子在工厂，格子间，
贫穷到只剩下一颗真心。
太残忍！谁叫我是专业掸灰的灰姑娘，
我要循着光彩长大，而不惹尘埃。
Jimmy Choo 水晶鞋？丢了就丢了，
干脆借机买双新的。
十二点来临，亲自开飞机
穿过日界线重过旧的一天。
如若我做过公主梦，往后
只会为留在好梦里奋斗。
努力继承女王位，
我的决绝让灰王子单身。

公主会和灰王子跳舞吗？
为何非要一只鞋才能相爱？
被斯堪的纳维亚童话养大，
却幸存在成语故事的郑人，
手握形而上的爱人标准，
在真爱商店，滔滔着幻觉。

谁试穿爱，就收获实在的疼痛！
从不是量身定做，
鞋，只是一只虚构的鞋。
柏拉图的理式说，买履最后如捞月，
一千双鞋无法抵达梦中靴。

或许，我们该珍惜真正的鞋，
接受它的不完美，它的磨损，
直到坦然接受鞋的鼓励：
爱，非进非退，更像驻足，
停下来，感受内心一次次颤动。
总要回到无鞋的人界，
赤裸埋进孤独的窒碍，
省略爱，坚定投入飘摇的自身。

蓝格子的诗

蓝格子，1990 年出生于黑龙江，现居成都。曾参加《诗刊》社第四十届青春诗会。

雨后观樱花记

事实上，昨夜的雨
你并没有亲眼看见
窗帘阻隔着夜色
之外，是滴滴答答的响声
急时落雨的声音索性连成一片
次日，你来到室外
地面还看得出潮湿。雨的暴力的遗迹
很快被太阳光抹去了
几天前刚开好的樱花，淡淡的粉红
洒了一地。你不禁感叹
美的坠落，这样容易
风来时，它们在地上打滚
近旁是透亮的银杏树叶在风里跳起舞
痛苦从来不是相通的
即便是生机蓬勃的春天
也无法让掉落的花瓣重回树梢
接下来，谁去感受这脆弱的痛苦
谁的鞋底将沾满樱花瓣
而他，究竟要带着这弱小的苦痛去往何处？

天津女诗人

周园园的诗

周园园，出生于1989年，毕业于福建师范大学，中国作家协会会员。现居天津。有作品发表于《诗刊》《星星》《草堂》《芳草》《青年作家》《香港文学》等刊物。

最好的时光

那时，我们并不知道
后来回忆时
那是一生中最好的时光
那时我们整日沿着海边的木栈道
边走边看夕阳，金色的脸庞
金色的海，金色的椰林
吹来金色的风
傍晚的海面如此平静
只有海浪声和着由近而远的客船声
那时，你是全世界美的总和
在日光中舒荡着温柔的鱼尾

大海的馈赠

那些年，每天兴奋地面向大海
凌晨看海，退去的潮水稀释了夜晚的浓度
正午看海，有久别重逢的热烈，辽阔的欢喜
午夜看海，中年虚无，略懂漂浮意味着什么

我一生颠簸，以至于忘记生活
在早年，便给予了我莫大的馈赠

短制

等一个人回家
就像翻一本书
你不知道什么时候会读完
中途会不会有意外之事——
咳嗽，头疼，去晾衣服
拖地，整理床铺，给花浇水
如果下雨，要去关紧所有窗户
还要观察房间，分辨鸟鸣
读完书和那个人回来
变得遥遥无期
如果你干干净净地及时出现
那我就原谅了一切

内蒙古女诗人

唐月的诗

唐月，现居内蒙古包头。一个惯于为沉默分行的人，诗作见《诗刊》《星星》《扬子江诗刊》等文学刊物及各类诗歌选本。曾获《鹿鸣》年度诗歌奖、许淇文学奖等奖项。

窗口

一个人立在窗口，抽烟，直至
把夕阳燃尽，将灯笼点起
一个人立在窗口，制造烟灰，顺便
生产寂静
窗外，雪落下来；指间，灰落下来，一任
中年灰白的寂静就此流溢开来，漫上
夜的两鬓
和远山的颅顶

俗人还乡

忽略两眼之外的天空，双脚之外的
大地
少说梦话，尤其是
月亮酒醒的时候
不发高烧，不灼伤一脸
斜阳
敬重蚂蚁，警惕
神

回乡路宜一个人走，不拼车，不带
心病，不讲
普通话和外语
遇见耕牛须低头，如认领
旧账
搂柴，拾粪，烧火，睡热炕头，烙熟
一床旧棉被
莜面窝窝仍是舌尖上的
故乡
宜蘸烂腌菜汤，泡开花滚水
送入饥肠

张媛媛的诗

张媛媛，蒙古族，1995 年出生于内蒙古通辽市。毕业于中央民族大学，获文学博士学位。诗歌与诗评作品散见于《诗刊》《星星诗刊》《当代·诗歌》等刊物。

鲸落

一头鲸在天光时死亡，它无声沉落
抬起海洗的日头。长梦的航行
在此刻触礁：我睁开眼，
五点的云梯已经搭成
朝霞的甲板，而你告别码头
正要去寻新的"药引"。

昨夜风暴将龙涎香冲至海滩
潮汐一次次确定月亮的位置，
它复圆的神色依旧化不开
海底浓墨。透过丝缕微光
我看见了它下坠的肉身。

食腐鱼群已分食它的声音
余下骨架如废船，载满
隐秘的方言，甲壳类动物
争相分解诗的残骸，遗留斑驳的
残字在你捡拾的瓷片：
那些经典的腐殖供养着
我们紧密的生态。

宁夏女诗人

查文瑾的诗

查文瑾，1978 年出生于宁夏。著有诗集《纯棉》《天大的事春天再说》，作品散见于《诗刊》《星星》《扬子江》《新世纪诗典》《中国女诗人诗选》《国际诗坛》等刊物。获第三届自由诗歌奖、宁夏第九届文艺奖等奖项。

谁不是佛魔同体

灯光下
我的如来佛掌
让猫咪感到了
前所未有的压迫感
可这一刻
佛已异化成魔
竟用如椽的手指
无端地拨弄着它的恐惧

无解

我在厚厚的雪上
写下"这个世界怎么了？"
还没等到有人回答
问题就化了

我们是我们最大的敌人

我们说着鸟语
让鸟无话可说
我们说着鬼话连篇
让鬼无语凝噎
我们善良着自己的善良
正义着自己的正义
"我们是我们最大的敌人"
能让"每个世纪都埋藏着巨大的悲伤"
能让悲伤逆流成
历史之河

瓦楞草的诗

瓦楞草，本名于洪琴，70后，吉林柳河县人，现居宁夏银川市贺兰县。主要从事诗歌及诗歌理论写作，出版诗集《词语的碎片》。

在宁夏人民医院

一如往昔之景
诸多检验报告呈文显示
九旬婆母之躯尽显衰颓
似机器运转时久
诸般零部件老化磨损，势不可逆
处老年病房
医者复对其进行心理测试
预估有无情绪抑郁或焦虑
人至暮年，身体负能倾泻而出
一生修为于此际或可作精神良药
我往来探视，所予宽慰实在寡少
一切内在负能潮涌，皆需自我消解
有时，我愈盼她多瞻窗外
那迎秋而绽的木槿

谈性诗吸睛的缘由

女性诗歌有写性的
男性诗歌也有

我不认为诗歌涉及性
写者就品行异端
忆某年的一次饭局
一德高长者为烘托氛围讲黄段子
其内容专属隐私的床
或"红灯区"无法见光的街角
她讲完在座人变得松弛
仿若卸下束缚的绳索或面具
当这两件事并列
我找相似性时顿悟
很多时候很多人
对敏感话题携带的精神取悦
来者难拒

一文的诗

一文，本名夏怡雯，诗人，编剧，话剧演员。宁夏话剧院创编室副主任。现居宁夏。出版诗集《云山路》，发表及获奖作品若干。

徜徉地之有梦

左侧卧，有梦
右侧卧，也有
梦里，你必将骑一匹骏马在舒朗的河岸缓行
莫去追问
且从往事的前额叶中取几张碎片
用于盛放隐者般的虚空

忆及南屏晚钟
以及那把扣住张望的银锁
披青衫于你的双目
你的双目便把万物溶解其中

给出爱，如果你还有的话
当冰川以破竹之势消融，消融于
灵魂之徜徉地，让我们再度给予生命信赖
并扣响迅疾到来的安宁
遂将被牵引的颈椎扭转望月
遂滑动高洁的年轮，乘片刻清风

午后六句

倘若我准备离开只缘身在此山中的，那种冷。
又蓦然反身举起双手，投降于最素的一句告白。
也许下一刻，雪就会从温泉深处飘出来。
选在落日前，自溺。
自溺于枯萎的玫瑰丛中仅剩的一滴甘露。
还是，朗笑一声，去盖住惊山之鸟的回音。

念小丫的诗

念小丫，中国作家协会会员。组诗随笔发表于《诗刊》《十月》《扬子江》《朔方》《星星》《作品》等刊物，出版诗集《裂缝中的光谱》。

无用的

必定是带着必将使用的想法
买来服饰
买来胶原蛋白肽
买来气血贴
买来各种商品
有的拆开看过，有的拆开试过，有的拆开用过
但坚持用完的无几样
直到有一天
这些带着期望值等来的物品
耗尽你的愿望
成为真正多余的废物
你开始一件一件把废物送出门
变成垃圾
又开始安慰自己
人本身也是如此啊
也存在可以创造价值的部分
和根本不可能
创造价值的部分
每天分配至少三分之一的时间

用来死一样的
睡眠。
用不确定时的时间痛苦
扼杀消耗自己
我们生来就有无用之处。

最后一间屋子

走进最后一间屋子
我们停止脚步
围着古旧的餐桌坐下
开始讨论老人的赡养问题

复杂又极其容易解决的事情
兄弟几人确定好
往后应该力行的
你只是听着并接受安排

眼神中过滤过
他们不曾关心的
众人沉默以后
你讲出这些屋子已经死了
因无人出入而死

围坐的桌椅吃过你的青春
此时它们是你的过客
这里的一切
已经死过一次。

甘肃女诗人

段若兮的诗

段若兮，鲁迅文学院与北京师范大学联办研究生班文学硕士，鲁迅文学院第 34 期高研班学员，中国作家协会会员。出版诗集《春山空静》《人间烟火》《去见见你的仇人》。入选 2017 年"21 世纪文学之星丛书"，参加《诗刊》社第三十三届青春诗会。

黎明降临

光之变幻，犹如蝶蛹的骤然破裂
和翅膀的缓慢展开

寂静中传来叶片相触的声音
风丝和空气的轻微摩擦，震颤蛛网
一条蛇借助背上的绿斑，藏身于
苔藓和卵石之中。露珠沿着叶脉滚动
至低处，坠入草丛和泥土

……时间进入倒叙？我错过的所有黎明
都回到这里，以倾听我的独白和忏悔？
天幕由玄黑变为谧灰，最后一颗星
发出钴蓝的光

在它坠落的地方，霞光升腾起鱼血般的绯红

听雨

他安详如佛，呼吸渐缓
窗外雨丝稀疏，落在屋瓦上、台阶上
落在枝丫上

雨珠滴落。定有叶片颤抖，阶瓦渐次湿绿
他呼吸渐缓，耳边传来母亲的声音
"……你出生于落雨的初晨，那日雨丝明亮、甜润
雨雾中若有琴音"

他听见了那缕琴音。眼角渗出泪珠
——生死都在雨中：雨的襁褓
雨的灵柩

只是当女儿抱着他，哽咽，唤他的名字
他恍惚中开口，叫了一声：妈……妈……

松烟

把车停在山腰，我被一片松林所吸引
此时有清风，松烟四起，白月浮蓝

……这烟雾一样的蓝沐临于我
我感到那些在白昼消失的词语
正在向我聚拢过来

白朵的诗

白朵，现为兰州交通大学文学院研究生。诗歌散见于《诗刊》《星星》《飞天》等刊物。出版个人诗集一部，合译著作《气味，秘密的诱惑者》。荣获"真实故事计划"第三届非虚构写作大赛二等奖。

精神病院

此刻，北纬 36 度
谁能借我
一百个极夜
我愿用一生献祭

我要用零点壹倍速观看
月亮怎样被千年的铁刺戳穿
再用一百个夜的目不转睛
剔除它的锈色与隐痛

她宣布放弃洁白
她是世上所有种类的白
走入荆棘也不再疼痛的白

她要腾着白马
驾着我的一万个妄想症
从前世替我抚摸你

陕西女诗人

田凌云的诗

田凌云，1997 年出生。中国作家协会会员，北京师范大学文学硕士在读，陕西省百优作家。参加《诗刊》社第三十九届青春诗会。著有诗集《母豹进化史》。曾获扬子江年度青年诗人奖、《钟山》之星文学奖、草堂诗歌奖等。

可怜隐士心

孔稚珪，字德璋，南朝宋齐骈文家。代表作《北山移文》，通过对山川草木拟人化的描写，嬉笑调侃，尖刻泼辣，讽刺曾与他同隐于北山的周颙先隐后仕，冒充隐士的现象。

风是笼子
可惜这里不是北山

大风刮出我的隐士心
白骨佩戴香草走在风中

恍惚中我在一缕风的教育里看到
晚年的孔稚珪
他瞎了一只右眼
在一个马路边买红枣

一把小刀是他的笔
拿出一颗大红枣
他用刀在上面刻写着新的

《南山移文》

一个中年男人走过
他朝着背影，用那只瞎眼
吐了口唾沫
仿佛那是他当年
骂过的周颙

可这某某周颙头也不回
急切的脚步比手更着急地
提着手里的蔬菜
朝家中妻儿奔去

没办法了。你显得无能无力
你显得，像流不出的
悲惨女人的泪水
甚至有点像，塔利班统治下的
一个可怜的阿富汗女人

直到深夜，你制造的风
都没有停止
而那篇《南山移文》
在红枣的腐坏里
形成了新的笼子
锁住了你弯曲的命运。

在云端

在云端，云朵们
在冷气流里洗澡

而太阳的小心眼正伸手
渴望，捏碎它们

在云端，只有飞机这种鸟
飞越了洗澡的云朵
这种鸟，带着静止的翅膀
肚子里怀着几十种物质

在云端，没人听"在云端"
人们忙于在飞机的肚子里
给自己加餐，"麻烦来杯可乐
再来一份鱼香肉丝米饭"

那么飞机的肚子会被撑大吗？
那么飞机会像鸟一样停下来吗？
这里没有树和氧气
只有死飞机，像鸟一样
飞过人类的命令

龙少的诗

龙少，80后，陕西西安人，中国作家协会会员，陕西省百优人才，首都师范大学驻校诗人。参加《诗刊》社第三十八届青春诗会、第十届十月诗会等。曾获华文青年诗人奖、柳青文学奖、陕西青年文学奖诗歌奖等奖项。著有诗集《推窗有鸟鸣》《星辰与玫瑰》。

看云

暮晚将最美的青铜色给了我
任我在低处行走时依旧听得见
永恒的流光之声。秋日的丰饶从一场盛大的
雨水开始，热闹的赞歌被季节按时打磨
我走过成熟后的原野
云朵有时在头顶，有时在山顶
移动的画面如摊开的书
我读着未曾读懂的部分，尝试从纵横
疏离之间找到微微倾斜的声响
我爱过这片原野完整的暮色
和暮色之下密集的水
我也爱过原野之上灰白的苍穹和星辰
他们如久别的故人
保留着我记忆中的脸庞
远处的房子垂垂老去
做旧的工厂和悬崖如孤独的壁纸
从暮晚中隐退，而我已到中年
偶尔，站在窗前看云。

我们说到雪

我们说到往年的雪，然后才是现在
落下的，像跳动的银器
铸造着安静下的任意节拍
我们讨论过高处，朦胧的白色
和流水锻造出的固定模式
如冰层上的印记，装满风的迟疑
仿佛我们走在雪中
仿佛即将到来的新年气息
正落在灰雀和灰白的树梢上
像一张单色调的网
锁住冬日无尽的冰凉
孩子问我树叶被谁拿走了
我回头的地方
是树梢悄无声息地晃动
和鸟儿低垂的翅膀
雪已下了很久，雾的入口处
放慢脚步的人正背着一个空茫茫的宇宙。

如果

有时白鹭安静的像一块沼泽
和我们一起站在黄昏，留恋光线变奏
带来的寂静与迟暮。空气潮湿
住满了看不见的神明
我们不是黄昏的独特比喻
也没有被年轻曲谱再次抒写
时光的旧器皿每次响起
都带着破碎与重塑

我们在光的边缘站着，那些从星空出走的
褪色的摆件和鸟群比我先感知翅膀
爱和朴素的美好对生活的含义
在不提及爱情，你和具体词汇的时候
夜晚来得这般决绝，让玫瑰与水草
看不出具体差别，如果月光更缓慢一些降临
我们的思绪如流动的云朵，反复酝酿着体内的蓝。

周文婷的诗

周文婷，出生于 1990 年，陕西靖边人。中国作家协会会员。出版诗集《采集星星的心跳》。

女宇航员

星星不断在爆炸
女宇航员抬起头进行星际速写
她不去管太空舱外的
老虎、狮子何时到来
寂静汹涌在仙女星系周围
她要徒手摘星
送给睡梦中的女儿

随身携带着温柔，像水带着鱼儿
眼睛的体积约等于
整个宇宙——
她想让探测器
再探测一会，让催促植物疯长的肥料
撒一把给自己的好奇心
她想给这个玻璃制作的世界
写上一句自己找到的答案

理想姐妹

身上爬着一只肥猫
压得死死的，想找一根木棍恐吓
又怕先吓得夜晚一骨碌爬起来
一毫米一毫米观察着身体的变化
看看还有多少跑出来的以前以后
榨干梦境，让它无树可长
无水可喝，无时光可变老

作为已成梦境的弃儿
想为你在心里点一根蜡烛
让你和黑暗对坐时
不会自省到被泪水湮灭

我要睡了，你要再次学会做梦
梦到我俩躺在大海上
身体上长满了大大小小的星辰
有很多很多的小朋友来摘

辽宁女诗人

林雪的诗

林雪，中国新诗学会常务理事，辽宁省作协副主席，辽宁省优秀专家。沈阳大学、沈阳音乐学院客座教授。曾担任鲁迅文学奖诗歌评委（2014）。荣获《诗刊》社新世纪十佳青年女诗人奖、中国·星星年度诗歌奖、中国出版集团奖、中国百年新诗百位最具影响力诗人、鲁迅文学奖诗歌奖获得者。

岛

以岛命名之地何其多？
你倾情奔赴的唯有这个——
一湾波浪犹如繁星起落
每一朵都坐着一个好人
那叠起海岸线的海藻、贝壳和木头
每一个都有一个小我
五指山霸王孕育的河流向东
一路吟诵犹如诗人
但唯有昌江能如此喧唱
你挥霍尽以往储备的形容词
而它不为所动
只在光线的彩色密码里
快速更换面纱
一湾波浪犹如繁星起落
那位仡隆歌手从未读过这些词句
词语对他来说就是故事
他的渔网、山栏稻、船屋和族谱

就是神明最喜欢的

登山笔记

阴山刚好在河套草原北部拔起
行至云中向南甩出支脉
莽莽苍苍数百里直抵晋西南
刚好在宁武国家森林公园
而借助网络搜索管涔山只需八秒
我们已得知有五千四百九十个答案
从叶斗峰到管涔山十座山峰
遵循大陆板块挤压的叙事规则
刚好美妙得如同文献所述
但森林只是无形之手设置的
通向自然的一个端口
在高原东部边缘呈穹隆状的屋脊
区域 2500 米以上的黄金海拔地形
雨滋润出刚刚好的小气候：芦芽山、荷叶坪
黄草梁上接地云……诸神都无力之事
偏这一生似刚好用尽了临摹之心
原创的岩棱线正打开我
一步又一步，一切刚刚好——
没来之前，她以为一生的事业是倾听
来到之后的她啊
"要把树的声音传达给人类"

新疆女诗人

张映姝的诗

张映姝，诗人、编审。已发表诗歌、随笔、剧本等两百万字，作品多次被转载并入选几十种年度选本。出版诗集《草木有言》《西域花事》《她·们》、散文集《空白之地》等多部。曾获《红豆》年度诗歌类、首届海东青诗歌奖银奖、中国年度新诗奖·年度优秀诗人奖等奖项，诗集《草木有言》入选 2022 年度华语十佳诗集。

白杨河的女儿

坐在游览车上
一次又一次，我们下河
又上岸。像一场游戏

风，呼呼地吹
压住一条河的流动
藏起一个人的八次泅渡

明天，我要和妈妈说说白杨河
说说她差点被送给，这里某户人家的女儿
她还会满脸激动地咒骂父亲

父亲，听不见了
更不会争辩。他会原谅我
以这样残忍的方式，思念他

给母亲读《秋园》

只读了三句
母亲就哭了，之后含着泪
让我往下读

几分钟后，读到梁太太
给五岁的秋园裹脚
母亲第二次哭了

为她擦着眼泪，我颤着声问：
不读了吧？母亲又笑了
接着读吧

这个夏季，最炎热的两天
我读完了《秋园》
母亲又哭了好多次

75 岁的母亲，腿脚、眼睛都不好的母亲
后来，都是为书中的人哭
只有第一次，是为自己，和她的小女儿

青海女诗人

马文秀的诗

马文秀，回族，1993年出生于青海，中国作家协会会员。曾参加《诗刊》社第三十九届青春诗会。出版诗集《雪域回声》《老街口》《照进彼此》《三江源记》等。曾获中国长诗奖、2023李白诗歌奖新锐奖等奖项。

茶卡盐湖的空白美学

青藏高原的风，粗狂而犀利
风中偷藏的盐掠过面庞

仰头，在无边的白中思考
空白的价值

茶卡盐湖的空白
带着当代新水墨的意境
构成空白美学

低头，吟诵一首诗
每个意象新鲜而自由
视线随着风奔跑，探索不断衍生的谜

谜将解未解，随着盐的纯度沉淀
这多像三十岁的自己
有些事只能在流云中去想象去填补

隐藏的火焰

澜沧江源头的天空
清澈而透亮
那种美无法用色彩来定义

躺在草地上，静观落日
风在动，云在动，太阳从一匹马背
翻腾到另一匹马背

此时，头顶空旷之美，很难找出一个
准确色彩来解读

水面隐藏的火焰，升腾到落日中
彼此相望，埋在手臂里的脸比云更灿烂

正如最深的话语，没有复杂的隐喻
却直抵心底

那萨的诗

那萨，又名那萨·索样，藏族，青海玉树人。出版诗集《一株草的加持》《留在纸上的心》。曾获第十三届全国少数民族文学创作骏马奖、第三届蔡文姬文学奖、第八届诗探索·中国红高粱诗歌奖、首届师陀小说奖·优秀作品奖等。

崇圣寺

需一只耳朵借给人间
倾听风

需一只脚借给空门
踩进又踩出

需一只手借给背包
放下又拎起

需一滴泪借给眼睛
如漫长的归途

在拉萨河边

关于一条河的源头
引出冰川与雪山
关于一条路的尽头

一摊结冰的积水

山间渐退的夕阳
攫着十八年前的一个冬天
记忆使我们重复遇上过去

昨天我们都已死过
在天葬台的一块岩石上
虔诚地、无忧地
交给了风与虚空

昨天我们都已哭过
喜悦的、完整的
无奈的、破碎的
……

翠绿的河面映入深秋的浓墨
有人正从山中赶来
风一样，火一样

四川女诗人

翟永明的诗

翟永明，诗人、作家、编剧。著有诗集《女人》《在一切玫瑰之上》《称之为一切》《终于使我周转不灵》《十四首素歌》《行间距》《随黄公望游富春山》等，诗文集《最委婉的词》，散文、文论集《纸上建筑》《坚韧的破碎之花》《正如你所看到的》《天赋如此》《毕竟流行去》等。作品被译为英语、法语、荷兰语、意大利语、西班牙语、德语、阿拉伯语等。2007年获"中坤国际诗歌奖"；2012年获意大利"Ceppo Pistoia国际文学奖"，同年获得第三十一届美国北加州图书奖（31st Annual Northern California Book Awards）翻译类图书奖；2013年获第十三届华语文学传媒大奖"杰出作家奖"；2019年获上海国际诗歌节"金玉兰"大奖。

因病成医

看着那些水煮的，云蒸的
看着那些血食者，煞气者
有煎的…… 有熬的……
有采的…… 有补的……
德国医生总不明白
中国式的五行相照
他们也不明白
中国肺、中国胃和其他器官
为什么不需麻醉

当我伤心地看着
200CC 的鲜血

在针管中碰撞
X 光眼在鲜血中判断
我离我的皮肤有多远

终于要把整瓶的葡萄酒
倒进这根暴起的血管
终于要望闻听断
才能看透我的心脏
（德国医生专攻一科
他们多么不方便）

这是一个使用排除法的时代
这是一个集体中风的时代
这也是后天失调的世界
医生们来不及辨证
处方飞舞而去
病人们心慌气短
脉象因恐惧而大乱

我周围有哪些高热神昏的实症？
他们吞吃病菌　消灭细胞
却奔走疾飞　足下生风
脉动如晨钟暮鼓
他们的确上瘾

又有哪些时令病候的虚症？
他们向我诉说世纪之交的低烧
他们绝望于世间的每一次心动
以及自升自降的忧患
他们要么步履欠实
要么长期失眠

而我　因病成医
且攻且守　为了
确保一份敏感
就像保留氧气箱中的新鲜婴孩
我吹拂她的心气
浸润她的面色
鼓动她的经络　直到
热腾腾地　把她抱起

所有那些事儿

当城市也变成镜花水月
便没有什么美少年俯身水仙
任何一场喧闹都后现代
绿了南浦村庄
藏了万千岩壑
别了去年天气今年生死
如奔马收缰　停在
一个高空间的转身动作上

丝绸便如丝绸般在台上堆积
时间便如时间
挂在雨中
你要是沉鱼落雁
就会看清水中的另一半

明朝那些事儿
清朝那些事儿
所有那些事儿
都化作屏幕上一道指令

令人生厌
唯有四季
成为过去年代的旧韵
竟押在文集图书上
红了诗句　黄了纸张

桑眉的诗

桑眉，本名兰晓梅（宝梅，祖上畲族），生于 1972 年冬。供职于某文学期刊社。现居成都，中国作家协会会员，成都市文学院签约作家。出版诗集《上邪》《姐姐，我要回家》等。

戈壁滩传来雷声

滚过戈壁滩
"轰隆隆"滚至明尧勒古战场
击打我耳鼓时
约略可辨它赶了很远的路

或许它从天际来
而天外有天……
从地平线来
而地球是圆的……
从远古来
而时间的漏斗盛着数不尽的沙粒……

但它仍旧如期抵达
在没有名字的戈壁滩上
与万水千山的诗人撞个满怀

"不是雷声，是鼓声，连接古今"
（斯时）我当掀起衣襟，敞开胸膛
放出怀中烈马

和骤然喧响的号角
奔向它
集结它

（斯时）风正猎猎
兀立于空廓的古战场（或新疆土）
我当如勇士
去赴死
去涅槃

敬丹樱的诗

敬丹樱，现居四川成都。出版诗集《槐树开始下雪》《周一的火车》。曾获《诗刊》社年度青年诗人奖、华文青年诗人奖、四川文学奖等奖项。

遗忘

命运安排外公
这个我从未谋面的石匠
在清明节离世
他曾活在外婆的描述里
姑婆的描述里，幺外公的描述里
越来越少的人提起他的好手艺
他的朴实，节俭
他对外婆暴脾气的包容，对子女的宠爱
提及他的瘦削
提及谁完美继承了他的五官
如今他几乎只活在母亲的讲述里
我也只在清明节偶尔想到他
外公坟前的羊奶果什么时候变红
对我而言
意义更为重大

广场上的骆驼

跪在商业广场和跪在沙漠
有什么分别，踩在水泥地和踩在沙子上
有什么分别
嘈杂人声和萧萧沙鸣
有什么分别。每次从奶茶店望出去
驼峰上的小孩总是新的
半小时工夫，七八个小孩从它背上下来
七八个小孩的童年记忆里
多了一头骆驼。它跪着或站着
总朝着山的方向
方圆几百公里群山连绵
更远处也是山。多么徒劳的眺望
它的族类和它的沙漠
要到几千公里外才会出现，这算不算孤独
我们的孤独跟它比起来
还算不算孤独

打碗碗花

母亲九岁那年打碎了只碗
吓得迟迟不敢回家
在村口拱桥下猫到惨白的月亮升起
那天她逃过了外婆的责罚。她五岁的弟弟
在那个下午猝然夭折

我是让母亲检查作业时
听到这段往事的，课文里的"打碗碗花"
母亲也带我指认过

多年后我采下打碗碗花编成花环
戴在女儿头上，粉嘟嘟的喇叭煞是可爱
我从未因失手打碎杯盏碗碟
担惊受怕过，更不必在挨训时埋头
死盯着自己的脚尖

是两分钟前
女儿书桌方向传来的动静
勾起了我的回忆，碎的是我心爱的粗陶茶碗
还是从星巴克淘来的鲸鱼咖啡杯呢
该是我接过母亲的扫帚
念叨那句"碎碎平安"了

该是我
来听那声脆响了

康宇辰的诗

　　康宇辰，四川成都人，博士毕业于北京大学，现任教于四川大学文学与新闻学院。入选《诗刊》社第三十七届青春诗会，出版诗集《春的怀抱》。曾获复旦大学光华诗歌奖，第十二届丁玲文学奖·诗歌新锐奖，第五届草堂诗歌奖·年度青年诗人奖，第二届四川十大青年诗人奖。

中年的意志（或寄战友）
——怀想暮春车过北川新城夜色而作

那天从羌族餐厅出来时夜色已至。
车开在光色缤纷的新北川城，
那么多麻辣鲜香的生存的意志纷纷涌起，
让人安心如已能告别山中墓园和废墟。

废墟，多少年后成为大型博物馆，
一件件无尽长的损毁物列着队
展示世界秩序的野蛮的背面。
其实，心的损毁物并不更少，
那看不透的、终生牵扯着伤口的
人心的公共遗址，教我苦难生动的辩证法。

可坐在往绵阳的车上心里要有多复杂？
我的心在树影间找岁月，朋友们中
往往缺席的几位，燕北与江左，
击水与横槊，我们沉醉的游历此刻天南海北。

不是因为告别有多伤情，是中年
一种孤绝的判断在意志中上升。

我们都是执着于生命之所酿的酒徒，
夜里告别又留恋不过为着成熟。
一个人数着风带动的春日枝叶，
知道朋友在遥远的地方但什么都记住，
没一片理解力是缺席、零落、碾成空虚。
朋友啊，我的庄严的心，此刻才那么有力。

也会有一小会儿涣散的时候，
只想躺下来听漂亮的歌吟与叹息。
我们因孤独的前提才珍视所有相似，
可硬朗着就足够美妙。我想此刻的歌声
可以覆盖烟火里的成都平原，但夜的纵深中
那绵柔的活跃的意志在说笑和交换
一些牵连，让苦心孤诣的人感应着欢喜。

在偏移的练习中

有了工作以后，我更换许多生活的构成：
城市、房间、电脑、许多咖啡和咖啡杯，
以及一扇扇规整而有限的窗子
配合它们对世界的呈露。
沿新河流散步时我就想起我们
从前的散步，人生就算而立
也像在原有的规划的不真的框架里。

爸爸，倒是我们很久没一起散步了。
那路过的府南河、江安河、今年新认识的白沫江……
在梦里它们一年年地偏移着。

连天台山也偏移了，连从银杏坪用徒步去丈量过的
小小的旧邛崃城……它们在我们的记忆中
是否也一年年地自我修改，终于偏移成别的？
连我们的散步也是，连少年的憧憬也是。
岁月是这么持久地偏移人们的纪念。

你说得太少，不足以凝成我们沟通的模式。
人生也太短，我来不及提炼出什么。
你喜欢过的路遥属于我广义的研究领域，
但也在这一代代的隔膜中偏移。
论文纠正不了这些，生命本身也不负纠正之责。
"找到一个窗口，沟通吧。"一位老师建议过。
我想起父亲，自觉拥有足够的爱和社会学的想象力，
但理解总暗含失败，生活必然承受这失败。

你有次也说起童年最小的孩子是孤独的。
我以为我了解所有品种的孤独，
但现在想来我们朝夕相处，不够通晓。
无数次路过邛崃也不会更通晓，
向着过去理解向着未来虚构也不会。
爸爸，生活是这样短促而漫长，
那些你默默爱并吐纳的事物在偏移以前，
是我们共同见证的时日能了解的吗？
岁月练习着偏移，而人还想看见定格。

★写在父亲退休一周年的生日之夜。

希贤的诗

希贤，现居成都。80后诗人，中国作家协会会员，参加《十月》杂志社第十届十月诗会，诗集《此间》入选四川省作协2021年度四川文学作品影响力排行榜。

不可见的

当你沦为无人夸赞的草芥
一生为看不见的事物活着

命运的危崖
反复搓揉的双手皲裂
空空如也的竹篮
或是夜晚本身

你在清晨的窗前画小幅素描——
白色的太阳升起来
没有云，也没有鸟
盆栽里草木荣枯

孤独是你的陋习
你躬身，匍匐在地
一叶掉落都是生死

少女的画室

她搬走后六年
那间画室
结了蛛网，像落日旅馆
光线穿过尘埃、微粒和水汽
在空气中形成一条明亮的"通路"

一个男人的脸卧在写生本泛黄的纸页上
正面、四分之三侧面、正侧面
平、仰、俯视上百张不重复的铅色的脸
侵入她的身体、心底和梦里
——她画下来——

又将他的远方刻上时间的洪痕

柆柆的诗

柆柆，本名杨娜，90后，现就职于四川某高校。已出版诗集《冷藏的风景》。参加《诗刊》社第四十届青春诗会、鲁迅文学院四川作家班。绵阳青少年作家协会副主席。

从虚无悬落

我所听到的——来自
阵阵玄乐　星星在它们的巢穴
一边弹奏欲望狂想曲
一边整夜吟唱：吹亮，我们

我铲出积攒已久的煤
挂在煅烧的穴口
虚无在沸腾　滚烫的铁水
重新演绎柔软的碰撞

金属华丽的内饰从空中悬落
意识唤醒雏莺　它给出神的指引
用倾囊舍弃置换燃起的火焰
它说：你的功德持续囤积

点一盏灯　盘坐
它说：挖一块疏松的土地吧
果核在地下锤炼
菩提会生出崭新的枝干

脆弱来自何处

我的脆弱来自开裂的石缝
那缝隙中有　有迹可循
被太阳炙烤的巨石
正如我高烧的额头滚烫

采用化学降温　晶莹的汗珠
砸中一颗红色苹果
重症病房是另一个世界
突然被暴雨袭击

一只诱人的有毒果子
倒挂在望天树上
我站在日照充足的窗下
旧式木床翻越而出与我对话

假若那是冬季
跌坠的太阳不再锐利
只剩白茫茫的积雪与
一棵毛白杨　而黑色
涂抹黑色的心脏

假若我不从裂缝中来
不曾汲取根茎之间的尘与氧
我就此生得缓慢
能品尝到苹果的酸甜味
明亮的眼睛
参与生命的活蹦乱跳

但我是被推入重症病房的患者
裂缝催生的一部分
心中的绿地渐渐失水
由此不安的筑巢的人
我吸纳太阳产下的黑铁
在树下测量命数可长可短

重庆女诗人

冉冉的诗

冉冉，一级文学创作，中国作协全委会委员。著有长篇小说《催眠师甄妮》、中短篇小说集《冬天的胡琴》，诗集及长诗《暗处的梨花》《从秋天到冬天》《空隙之地》《朱雀听》《和谁说话》等多部。曾获全国少数民族文学"骏马奖"、艾青诗歌奖等十多种文学奖项。

亲爱的麦兜

我不知晓你的生日，
只记得你的忌日——
今天是 5 月 9 日。

麦兜，你出生的时候，
我不知你已来到这个世界，
你走时我也没能见上最后一面。
你没有离开，
可我伸出手去再也摸不到
你湿漉漉的鼻子。

我终于明白，
丢失和遗忘的时间，
都去了哪里……
在你那儿呢，麦兜，
想说的，
都变成了无法说出的。

可是我还是要说一说，
你周身的软黄金，
可翻译为千言万语的
"汪汪"和"哼哼"。
你不在远处，也不在别处，
你无处不在。

你来

第四十七天，你来，
看到我晨练返回，
头顶热汗蒸腾。
你瞥见了满屋的朝气与晨光，
却不能摇尾或发声呼应。

你看到我摆好了早餐，
独自地，像过去的每一天那样，
将已有的和即将出现的欢喜
大口咽吞——能感受到欢喜，
是你给我的礼物，能延续那欢喜
也是你给我的礼物——我不会
当它为遗产，它是活的，
既能成长，也能反反复复地诞生。

你来，坐在我对面地板上，
毛发金亮，双肩沉稳，
绅士般的胸部饱满有力。
被死亡洗净的前爪，
将久憋的思念伸过来——
你惊喜我轻轻握住了它。

你看到我即将出门，
去往人间，再一次去经历
屈辱挣扎和挫败。
因为信任，你不再开口
嘱咐，只是静静地目送我。

金铃子的诗

金铃子，中国作家协会会员，诗人，绘画者，重庆人。20 世纪 80 年代末期开始发表诗歌，著有诗画集九部。曾参加《诗刊》社第二十四届青春诗会，鲁迅文学院第十七届高研班学员，获 2008 中国年度先锋诗歌奖，《诗刊》年度青年诗人奖，第二届徐志摩诗歌奖，屈原诗歌奖等文学奖项。

鱼形石磬

一条黑鱼
穿越千年的波涛
它按捺不住，游出大地的寂寞
鱼眼。鱼嘴。鱼鳞。鱼鳍
多么完整。比秋天还要苍茫
比我的诗歌还要完整
比我的心还要坚硬
不再有敲击石磬的手。清脆
不再有古老的王者
飞马而来
不再有相思，击打的疼痛
这是一条让我怀念的鱼
它是黑色的墓碑
悬挂在这里
用安息，写出永恒

★1980 年安阳安钢出土鱼形石磬

贾湖骨笛

是不是一吹响这支骨笛
我刚刚画好的鹤
它就会从宣纸里飞走
带着红朱砂，白朱砂，带着数不清的
鸣叫。羽毛纷飞
森林里，湖泊上
到处是羽毛盛开
我一直捡，一直捡
天空上还有羽毛，我要借一个天梯
去捡。是不是一吹响这支骨笛
世界就会变软
刚长出的子弹，瞬间枯萎
核桃的外壳，噼剥着涟漪
是不是八千年的情话
藏在它的音符里
是不是，一吹响这支骨笛
我的爱人就会，回来

★河南博物院贾湖骨笛，出土于中国河南省漯河市舞阳县贾湖遗址，
距今 7800~9000 年，用鹤类尺骨制成。

白月的诗

白月，重庆人。中国作家协会会员，鲁迅文学院第三十一届青年作家高研班学员。曾出席全国第七届青创会，参加《诗刊》社第三十一届青春诗会。著有诗集三部。获第八届台湾薛林青年诗歌奖，巴蜀青年文学奖。

语言

歌乐山听鸟
和树无关。
江中树影纵横天涯
与天涯无关。

我们
两个女人
一个雌性的夜晚。
站在阳台上，
辽阔的对面。

"等以后终了"，这句话
与身后这套房子无关。它会空着，
孤傲地。
只要你不在。

它不会属于任何人，
犹如什么也不说的星空。

冯茜的诗

冯茜，中国作家协会会员、鲁迅文学院第四十六届中青年作家高研班学员。出版文集《弄花香满衣》、散文集《掬水月在手》、诗集《纯蓝》《星空下的冰达坂》。获得首届《诗刊》社李季诗歌奖。

驯鹿营

在漠河，星辰是被大雪救回的
其中一些星屑落在北地
就是鹿群

早起的驯鹿人瓦连，看到一丛丛鹿茸
被清晨的光圈锁定
并轻轻晃动

站起身的那只，顶走了夜空
可它并非领袖
它，只是一个好奇的孩子

移动身子的时候，我觉得
它的轻盈胜过了鹰羽
令我的思想在此刻完全无用

只有瓦连走过来时，它们才会重回
这个被确证的人间
并纷纷昂头，从神变回鹿

宇舒的诗

　　宇舒,本名赵域舒,中国作家协会会员,鲁迅文学院翻译家班学员,中国报告文学学会会员,重庆作协全委会委员兼翻译创委会副主任。出版译著《在冬日光线里》、长篇报告文学《社区书记谢兰》、个人诗集《不再》、诗合集《废墟上的树》、编译笑话集《老外其实也很冷》。曾获第九届"重庆文学奖"、首届"巴渝新秀青年文化人才"称号,作品曾受重庆市重点文艺创作项目资助。

悠悠岁月

卓文君和司马相如
财富与爱情,背叛与归来
名利场长安,与告老还乡
竹上,长满花楸的,临邛

"愿得一心人,白头不相离"

凤求凰,爱情
曾是一场双向奔赴
尔后,书生衣袂飘飘,去了长安
在平乐,她独自书写《白头吟》
吟一首时光,吟一阕孤独
再吟青苔般流淌的
衰老与背叛

某日,功名老去,书生归来

岁月无奈，修补刍狗万物

沿南河漫步归宿

那是个梦一般的傍晚
我避开人群，走在
那个陌生小城
陌生的河边

这小城的人们
像风一样掠过我
像河流一样
流经我
我的心感到一丝安慰
为终于抽离出
喧嚣世界里，那些
遥远的，荒诞的消息

"女儿，十多年前，我曾带你
来过这里，平乐古镇"
穿过遥远的电话线
我对女儿说

还有，陌生人
愿你们安好
安好，如这五月的夜晚

贵州女诗人

王冬的诗

王冬，1995 年出生，贵州安顺人，现居桂林。诗歌见于《诗刊》《山花》《十月》《作品》等，著有诗集《雾中所见》。作品曾荣获得 2022 东荡子诗歌奖·高校奖。曾参加《诗刊》社第三十七届青春诗会。

春天的信
——致 D

播种之季，菠菜一周就冒出新芽
野生植物更顽强，即使我一次次将它
除掉，我很少浇水，等待雨水
太阳落下时，我在风中读
马雁的诗，没一会天就黑了
日间庭院里来了大蛇，父亲杀死了它
那成为我的噩梦，我们依然
没有说话，在他拔掉我种的松树之后
我将房间紧锁，阻拦那味道深重的
旱烟雾气，重新买了厨具，
开始了一人食，在雨中循环
收藏的歌，然后哭
半夜三点多，像是老鼠发出声音，
我醒来就无法安心入睡，如果没有
睡觉时左手扑空的一瞬，我不会想起
曾有倚靠的肩膀

我不再给别人写信，也没有人给我回信，
不止一次在夜里醒来，身体很疲惫
精神却很亢奋，感觉脑袋被抽空
坐在桌前抄写诗句，有时听到
外面，有悠长的哀嚎，我不敢出去。

看海

你说坐船回家，不想独自看海
那时我进入短暂睡眠，感觉有块
巨石，压在我的胸口
而你，在遥远的海上说
"下雨了"，我已经听到，沙沙沙
雨声激烈，亲爱的，这扰乱了我的睡眠
一只大鼠穿过我的房间，它吃光了
药水搅拌的生米，可它还活着，
今天又有什么人在死去
嘴里有没有含着大块的冰？
你说瘦了七斤，在进餐时刻犹豫，
而我要吃好多，我活着，
就是为了，吃美味的食物，
要活到那一天，去海边
去你的小岛上，一起看海
我也会看到一条深海鱼吗？

云南女诗人

海男的诗

海男，现居云南昆明。著有跨文本写作集、长篇小说、散文集、诗歌集九十余部。曾获刘丽安诗歌奖、扬子江诗歌奖、鲁迅文学奖等。

苹果和甜橙

我要睡了，这不是什么问题
而是习惯，我返回厨房，重又看了看
明天早上吃什么，箴言也好
警戒线也好，都无法取替篾箩中的
苹果和甜橙，苹果放在上面
压住绿色的橙子，从来没有见过
这么红的小苹果，看见它们的存在
我就忘却了人会死亡这件事
再返回房间，发现自己身上的水果香气
催眠的秘密就像是苹果肌的纹理
拥有一座果园就能看见
几十个春秋以后你老去的身体

我想睡了，如果想睡了就睡吧
把手从胸前移开半夜就不醒来

外面是整个宇宙

醒来，干净的乳白色窗帘围住了

有玻璃窗户的地方，外面是整个宇宙
如果想吃一块火炉中的烧红薯
这已经是一个奢侈的梦想
因为天没有亮，地还是冰凉的
露水尚未融化，红薯还没有上炉火架
灰烬还是灰烬，火柴还没有点燃
炉中的干柴。你还是你
我还是我。今天穿什么衣裙
昨夜太晚，没有找好蓝天白云下的
稍薄的衣服。天气渐变时
最冷的是双腿和膝盖

上了年龄后就不能任性地去奔跑
要学会护膝忍让要在辽阔缤纷中止步

天亮以后就去走路

稍后，天亮以后就去走路
只有走起来血液的循环才能让我看见河流
走到有水流的地方就看见了苇草
还会看见涟漪，令人欣慰的
事已尘埃落定。早晨的心绪决定了
白昼的所向，那些耕地的水牛们
总是迎着曙光就走向了庄稼地
我不相信文字会消失，人类会迁徙宇宙
图书馆是明亮的总有人走进去借书
还有人走进来还书。田野上的草木
总是生生不息，我倚着一棵树身
因为我仰慕这棵树有茂密的肢体语言

房间里有褐红色的梁柱支撑着屋顶
我走来走去都是为了爱上这寂静的夜

杨荟的诗

杨荟，云南人，诗人，画家。中国作家协会会员，鲁迅文学院民族班学员。获中国诗歌网 2015—2016 年度"十大好诗"提名奖、首届全国《散文诗》音视频再创作大赛优秀奖、中国"刘伯温诗歌奖"提名奖、"诗画十佳女诗人"称号。

父亲

父亲在天上，父亲在地下
父亲在空气中
他是皇天后土里
重新获得生命的孩子
不再由人所生
不再背负祖先的耻辱与荣耀
不再担任人世的任何一个角色
甚至不需要舌根和嘴脸
骨架和人皮

他干净，轻盈透明
体内藏着一座天空
山川在胸腔里生长
江河在血管里奔流，银河穿肠而过
万物即他，他即万物
闪耀着自然之光　一手分开黑白
他在哪里，哪里就天人合一
找到永恒的爱的意义

他在哪里，哪里就有健康
结束罹难，疾病和死亡

怕黑

有时做想做的事
但更多时候做应该做的事
履行义务比自由更难

父亲，祈求您保佑我的孩子
让她在人世勇敢地有尊严地活下去
野心是一种美德
而我已无力荣耀我的祖先
每次吃力地竖起心中的铜像
又总在有雨的夜里轰然倒塌
——我开始相信眼泪

闪电撕开的伤口不见缝合
冷霜冻住的也不只是刀刃
这世上，有两种人被需要
站起来的，跪下去的

那些操纵死亡
并从死亡中获利的，身着战袍
像个英雄，而不知道征服了什么

父亲，夜路走了这么多年
我还是怕黑

梦的悲剧

父亲活着时
我常常梦到他死了
悲痛中不断告诫自己，都是假象
醒来时流出的眼泪却是真的
父亲死后，我常常梦到他还活着
喜悦盖过质疑，醒来后笑却是假的
更多的端庄、压抑、忧伤、暗影
被戏弄的命运
真真假假一晃而过
让我分不清现实和梦境
抑或，现实之下还有一个现实
梦境之中还有一个梦境
只有我是我真的假象
怀抱着一个死人的闹钟
硬着头皮，把梦做下去

宋德丽的诗

宋德丽，中国作家协会会员。出版诗集《瞳仁里的月亮》《隐形岁月》《翅膀上的神灵》《心如旷野的鸟》《高枝上俯视人间》《云来云去》等。曾获第七届"中国长诗奖"最佳文本奖。

白玫瑰

书桌上的白纸冷静惆怅
一朵失去香味的白玫瑰
留恋苍茫的暮色
飘落的花瓣
如低垂向西的云朵
表达陡峭的世界
重叠的心灵
关闭尘世的风

倚窗眺望的女诗人
白纸上的笔如一根针
穿透自己

我们，蓝花楹

推开窗
干净的眼睛
只剩下新鲜的空气

挤进身体
鸟鸣声带来圣洁和欢喜
鸟鸣剥开整个世界

蓝花楹清洗干净的灵魂
水与镜映照
午后的光投向大地
女性的身体蓝如天际
眼神似水垂落
缤纷成蝴蝶的羽翼
我们试图去摘
去追寻那迷幻的蓝
成为我们画布上的影子
在诗与梦里
在花瓣还未碰撞地面时
我们的瞳孔被充斥
且不留余地

李昀璐的诗

李昀璐，1995 年出生，云南楚雄人，中国作家协会会员。出版诗集《玫瑰星云》《寻云者不遇》《你在飞鱼座》，曾参加《诗刊》社第三十九届青春诗会。

舞之刃

去跳舞吗？路灯下，盛装出席
戴上镶嵌水钻的塑料皇冠
紫色的舞裙缀满银色亮片
花纹依次编织黄昏琳琅的霞光

舒展手臂，像纤长的树枝
拥抱风中所有衰老花束
音乐中缓步，半盏残夜
摇晃着人生暮年的璀璨

轻快的舞鞋，越过
祖国广阔土地，抵达这里
旋转着一个女人
消瘦的青春和丰腴的往事

华美舞裙曾换算明日菜价
摇曳丝巾也积压做灰尘的糖衣
那些琐碎日常，打磨抛光
她趋近纯白的发髻

绷直的脚尖像微钝的刀刃
划开时间，刺向最接近童年的瞬间
面向大海起舞，以余生的广阔
复刻一枚海螺精致的弧线

此时，在拥挤的石台
落座在陌生人微醺的目光中
裙摆处万物生长

她站成一只优雅的酒杯
无须再盛满什么，足够多
轻盈的空，已经填满了
时间的裂隙

灰尘

黄昏时，金色的云
像一盏摇摇欲坠的灯
随时会熄灭
光线中，被放大
被照亮的，飞舞的谁的名字
像一粒灰尘，浮动着
不可闻的重量，开始工作
严丝合缝的日程表
铸就金黄连环套
吹过时间吹过村镇
十年又十年
宇宙是巨大的废弃车间
我们都是灰尘，偶尔被风吹起
又落在原地，就过了半生

山西女诗人

卢静的诗

卢静，中国作家协会会员，山西作协全委会委员，山西文学院签约作家。作品曾发表于《诗刊》《青年文学》《山西文学》等报刊，散文集《谁谓河广》入选"晋军新方阵文丛"。

鸽哨

当你覆盖我的听力
就响彻了大片虚拟的蔚蓝
即使，摇荡信使的铁环
捕捉我局促的记忆

盘旋。绕着风的唇形飞
水面的涟漪
也模仿我的一曲悲喜

山东女诗人

宇向的诗

宇向，著有《哈气》《宇向诗选》《我几乎看到滚滚尘埃》《向他们涌来》《女巫师》《阳光照在需要它的地方》《口袋里的诗》《其他的事情》等诗集。曾获"第十四届华语文学传媒大奖·年度诗人"等奖项。

空舞台

你准备用一次远足去颉颃
三年的封闭日子
因此就要去偏远之地
就要过深海
尽量少花钱
既是一个年老之地
又要现代
有一间音乐教室
一座小教堂
在地图上
很难找到它

2023 年 3 月你回来
花光了钱
有四张图片专门给我
你找到你要去的地方
有一所古老的大学
在乡间市场上

用群青色衬布展示
取名"工人"的音乐系
第二张，第三张
是无人的排练厅
玻璃窗离地三米
五条窄长光束，没有彩绘

第四张是你在大厅后排最高处拍的
空舞台
弱光中泛着木质色调
像一大块旧黄铜
或一件方形琥珀
舞台周边有厚实的隔音壁
敞向空的观众席
和拍照的你
最早的老观众已不在世
这朴实的音乐厅又古旧又坚实
空气中一缕细流在振
在回旋
一架三角钢琴
在构图里
风化的，死亡的
敞开着它的白骨
多此一举，又必不可少

太平洋配乐

踢飞汽车，拨开大厦
遇到人就碾碎的声音
这巨兽巨掌掀起太平洋

自天花板冲下来

为了考古 Ramin D
我补看这部过去的未来片
低音炮托着巨兽巨大的猥琐
与它对应的另一端
亮着无助的
小女孩的眼睛
永远是这样
在屏幕全黑时，它们
令人目眩地指着黑暗

那时刻，音乐停止
电影里的小孩会得救
画面外的我
失去了恐惧，在这样的深夜
我经历了什么
在太平洋的涌动里
（海的空间大多了）
在惊险之外大量的
空水域
可以翻转穿行。也翻转着寻找
失落地。没有恐惧地
感受着恐惧。我们
暗暗护送了作曲家

海浪

书写的动作如水

放映深海动物的幕布如水

是你永不能够行走其上的水
是无形手艺人塑形的工作室
"隔开水和水，用空气"
于是第二天，水雕塑了空气
空气围困了滂沱的水
在地球上

这是大海
在第六天，就造了理解
一种力叫理解
无限是种自我吞噬
在第六天，造出这秘密：
一片框住的无限
并且，你是最小单位的造物主

你是保密员的一员
自滩上来，到对岸
不是西雅图到上海
是一只手，到另一只
你是，一个
穿过
无限的人

李林芳的诗

李林芳，山东五莲人，现居青岛。著有个人诗集《山庄》《听螺记》等五部，散文集一部。曾获《诗刊》社优秀诗集奖、中国红高粱诗歌奖、山东省泰山文艺奖（文学创作奖）等奖项。

封神记

一道灵魂去了封神台了——
弟弟有点急促，打了两次磕巴
仿佛我们多么盼着申公豹那个坏人，快点下线
父亲踩着木梯，爬上屋梁，从果筐里摸出一个苹果
母亲接下，拿小刀切成四瓣
苹果香甜的气息覆盖了淡淡的怅惘
父亲继续剥花生，"雷震子出了西岐——"
花生噼噼啪啪落到木瓢里
冬夜静寂
神仙打架，刀光剑舞
在父亲裹着泥土的方言里
多么像村里好勇斗狠的三德和四成转轱辘
武艺高强的黄飞虎也有斗败的时候
夜深了，一道灵魂又上了封神台——
这一次，弟弟声音恹恹的
他是好人，我们缄默下来
花生壳堆了一地

阿依果枚

阿依果枚是你，神钟山的牧羊人
阿依果枚是你，可可托海的青年矿工
阿依果枚是一把凿子，给我打开了他的宝贝矿洞
像打开了童话里神奇的布口袋
我一一辨认石英河、云母巢，辨认绿柱石、伟晶岩
辨认锂、铍、铯，而铌和钽是一对孪生兄弟
像矿工阿依果枚和牧羊人阿依果枚
像共生的宝石和珠玉，海蓝、翡翠、珠红杂居其中
我看着石头里的亮晶晶
时间结出的果实，一颗颗潋滟的星星
一块石头
就这样轻易地接住了神的泪滴

走出炕洞，我两手空空
我没有看见牧羊人，也没有青年矿工
我抱着透明的天蓝色的河水
额尔齐斯河，可可托海的一整块海蓝宝石
那么蓝，那么冰
映着天空的纯净，那么无辜

庄凌的诗

庄凌，中国作家协会会员，参加《诗刊》社第三十三届青春诗会，出版诗集《本色》《我也是一个清醒者》。获 2016《扬子江诗刊》年度青年诗人奖，第五届"包商银行杯"全国高校征文一等奖等奖项。

幽暗时刻

一生中有很多幽暗的时刻
让你怀疑生活
年纪越大越害怕清醒
很多后悔的事
落满灰尘

种子埋在地下
沉睡的亲人也埋在地下
只有不断与过去告别
生与死
天亮与天黑
才会一样温暖

花瓶

朋友送的花瓶
一直摆在客厅

没有插满鲜花
也没有盛满故事

它摆放在那里
空空的，就很好看
细腰肥臀
透着淡淡的粉色光泽
像个穿旗袍的女人
优雅又自带风情

一定要有用吗
我偏爱庄子的无为
偶尔擦拭一下灰尘
心就明亮了

河南女诗人

扶桑的诗

扶桑，1970 年 10 月出生于河南信阳。著有诗集《爱情诗篇》《扶桑诗选》《变色》。获《人民文学》新浪潮诗歌奖、《十月》诗歌奖等多种奖励，入围 2010 年华语文学传媒大奖年度诗人提名。部分诗歌被翻译成英语、德语、日语、韩语等。

二姐

我失去父亲之后
多了一位母亲
仿佛父亲把他没有完成的爱
留给我的二姐来继承

邀请

忽然醒来，不知因何而醒
在夜半的寂然里恍惚
有一种异样：一个明亮的矩形
在墙壁上显影。不，那不是月光
那是月亮打开的一扇门
有什么，在里面无声地邀请

打扫

你责备我，总是把大门敞开
风把灰尘都带进了
刚刚打扫过的房间
我亲爱的，你不知道
即便我坐在房间里
看上去什么也没做
什么也没发生，我也依然
正在被吹拂，正在被打扫……

小葱的诗

小葱，出生于 1978 年，现居河南省新乡市。中国作家协会会员。参加《诗刊》社第三十二届青春诗会。

玉石之路

美貌的山鬼，坐着辛夷木
制作的车子出场，说西域
勤劳的长途快递员，
告别他的小妇人，
和蒲昌海中
巨大的罗布泊弓鱼，
把玉兽面送到中原，
换回一支珠钗。

他是个挺好的小伙儿。
我不确定，
无数楼宇的帽子
挂在天空，遮住视线，
键盘的马蹄铁生锈，
他能否安全跨过天山积雪，
回到壁画，或一部电影。

问月？落叶大的地图，
"小夜曲般消逝的道路"，
他无处不在。地球引力

被排斥理性之外。
我这个野生的金石学家，
在琉璃阁门前，踱步了几千里。

安徽女诗人

黄玲君的诗

黄玲君，安徽灵璧人，现居合肥。中国作家协会会员。20 世纪 80 年代中期开始诗歌创作并发表作品，著有诗集《微蓝》等。

乌梢蛇

依旧发挥它的镇静作用
标本室里的乌梢蛇

三棱的背脊，与
小的蛇头，同心弯曲

它凹陷的双眼
对周遭，早已经习而不察

抬起的颌骨，微张，它就要吐出些什么
隔着标准的圆形玻璃杯

是它多次元的使命，允许它
经验到的这落日的空间

此时出场，或即是
离场——并不会肯定

犹如它的蛇尾，残月
一样，一瞬间就从无到有

黑猫

此刻，你想，它已完全溶入了夜晚
楼顶的天台向上，延伸进星空
它将不再需要白天
顶楼角落，那片黑色防晒涂料的隐藏效果

夜晚，已成为它梦的
虚拟集合，一整栋楼的昏暗睡眠
做它的枕头，暗中的绳索纵横，继续
捆绑假想敌，偶尔
一床主人忘记收的床单，在绳上翩飞

水泥楼板上，你白天摆放的小鱼干
孤零零的。酷暑高温难以焚化的
一团黑炭，偶尔潜伏邻人种的辣椒根下
不无愉悦地赏玩一截碎玻璃瓶底
你只须接受并承认它即可
它还尚未长成，如人类幼年，它只是它自己

汴河黄鼬

相遇汴河堤坝的架空甬道上，三米开外
它把细长的脖子弯曲，转向你
静止不动，五秒，七秒
似乎在履行一份早年的承诺
如月圆之夜，一个倏忽寄达的黄色包裹
似乎难以承受，这周遭添加的寂静之重
它旋即没入了脚下的茂密苇丛
路面，留下的空白月光

反射微微颤动的幽暗河水
不远处，蛙声，秋虫的鸣叫
虚空在谛听
在这一爿共享的心灵领地
寒露，库藏的经验被加速
拂掉迎面的蛛丝
放轻的脚步，努力维持事物的连续性
那被打断的黑夜逡巡
彼此的情感生活仍在继续

王妃的诗

王妃，安徽桐城人，现居黄山。出版诗集《风吹香》《我们不说爱已经很久了》，散文集《中年的月亮》。

树倒了

树上一个世界树下一个世界
树倒了，不该消失的和不可避免的

都横在树跟前。奔走的人看起来更像
散了的猢狲，木讷的表情形如

下坠的树叶，鸟鸣的快乐塑造不同的纹理
而俗事的庸常刻画了千篇一律

树倒了，天地斗转星移始终如一
新的树很快占领腐烂勃勃生机

雨夜

细雨温润
潮湿的夜因细密的雨声而
尤显宁静
多好啊，喧嚣市声的尖锐
在小雨持续浸泡下

柔软起来
此时，即使婴孩突兀地啼哭
也将获得原谅

星光

我想和你一起在月下赞美星光
而不是在灯下替你缝补

我幻想着你劳作时也心怀星月
而不是披星戴月劳作

亲爱的人，我们不该有梦想
生存是第一要务
活着没有可做的选择题

亲爱的人啊，我们不该有梦想吗
闪烁的星光，未知的运途
日复一日地劳作指向不确定的未来
生存是第一，要务是活着
每一天都是最后一天
我们为什么不可以浪漫地过

放下活计坐在残垣上
看星光闪闪并发出由衷的赞美

李树侠的诗

李树侠，安徽桐城人。中国作家协会会员。作品发表于《人民文学》《诗刊》《散文》《当代》等文学刊物，入选多种诗歌年选。著有诗集《秋天的一封信》。

安慰

玉兰一身雪白
踩着高跷
从蔚蓝走来

牡丹站在园子里
只管一瓣瓣打开自己
赞美是别人的事

忍冬亮出细长的小喇叭
她在等着蜜蜂
提来安慰的蜜罐儿

我从来不跟她们比美
如果蒲公英愿意和我在一块儿
我会蹲下来
将裙子收紧

我要尽量比她矮
让她显得比我好看

江苏女诗人

刘畅的诗

刘畅，现居南京。中国作家协会会员，江苏省电力作家协会副主席。参加《诗刊》社第二十六届青春诗会。诗作发表于《诗刊》《钟山》《青年文学》《扬子江诗刊》《诗歌月刊》等。作品入选《中国新诗百年》等。部分作品译至国外。

老仓库

不安静的人心中有一座废品仓库

废弃的走廊，走廊灰暗的内部
灰尘在光线中跳舞

光在皮肤上搭建迷宫
竖起的毛孔，针尖戳在纸上
反过来的样子

窗外，车辆滑行，并肩走的人的交谈
像是无声电影

两根铁轨在南方合影
谁心中轰隆隆开过一列火车
停在电影开场时

南京博物院

写在纸上的句子消失
呼吸留在笔触里

有的人刚开始就分不清，没将自己安放进画面
独自在展厅转悠，用远古的图案代替自己

册页里，戴凤冠的女子倚靠栏杆
她发髻如云，凤冠华美，桶状的椅，线条如鼓
此刻是秋天
我没坐在椅中看窗外的树

玻璃展柜中，五树形黄金王冠灯下摇曳
蓝色背景里，一块黄金聚集过
一条河流里的沙

精致、闲逸被憎恨
粗糙和忙碌成为骄傲

镶嵌在金饰中的绿松石从盗墓人的口袋
到博物馆的展厅，抹去泥沙后
需给它恰宜的光线和足够的幽暗

关于羊群变黄金，谁捕捉过其中的隐喻
布幔装饰墙壁，投影里显现
古老的王朝，而文字隐身

伫立在展柜前的人沉浸于将自己当作墓中人的
想象中。戴金冠，套脚环。缺损的玻璃杯填满

某个夜晚欢庆的记忆

树木在长，草在蔓延
游牧民族背倚云朵，携带羊群
掉落的绿松石镶嵌回金腰带
骄傲的人没有自我评判
走廊拐弯口的风透露它刚刚经过一座迷宫

宗小白的诗

宗小白，本名凌芝，中国作家协会会员，江苏文学院中青年作家高级研修班学员，镇江市作协副秘书长、诗歌委员会主任。著有诗集《如果，你的生命里没有火》。获第四届黄亚洲行吟诗歌奖国际大赛金奖、首届闻捷诗歌奖一等奖等。

湖泊

后来，是战争分开了他们
但是瘟疫，很快又将他们抓住了
是饥饿让脚下的泥土无论
如何也要生根发芽。让有什么在埋葬的同时
也破土而出。是最先试探
这一切的草籽，让一匹马抖一抖鬃毛
低头亲吻湖水。尽管它已经老了
根本不记得在湖面辉煌
闪烁过的建筑。也不记得穿着正装，为节日而
庆祝什么的人们早就散去
他们填上最后一锹土，摘下帽子
祷告了会儿。不久，就牵着马
离开了那里。天色阴沉起来
四野阒寂。再没有一双眼睛
可以像湖泊那样深，那样蓝地注视着
屏幕外的我们

寄子美：江上月亮让我们属于彼此但尚未相认

于是你又低低
飞了一会儿。跟着一个浪
翻过另一个浪。水波如实记下你
摇晃如细草。江岸让心头之事
耸立如桅杆。此时，平野广阔
显得星光低于自身。从飞机翼身
往下看去也是如此。子美。虽然
夜空已将我们变得很轻，但也并未
让你我好好相认。并不因为冰箱里
凤梨罐头已经过期。也不是二进制代码
敲打脊背如骤雨。更不可能是前几年
终于搬进了你在诗中交付的房子。
尽管约翰·阿什贝利也说："但是夜，这克制的
这缄默的，给予大于索取。"他的预言
只是最后的欣喜。你应该知道
当夜晚散去，人为何总会感觉
身在羁旅。好像有铅灰色
云块在头顶盘旋。你就得像沙鸥一样
拍打翅膀。

邹胜念的诗

邹胜念，江苏南京人。中国作家协会会员，北师大文学硕士在读。出版诗集《捕捉神鸟》。曾获青春文学奖、扬子江年度青年诗人奖、紫金山文学奖新人奖，李白诗歌奖新锐奖。

海边利物浦

海风
蓝色的嘴唇
呼出宇宙尽头唯一的贞洁
在埃弗顿山脚
伞，无处不在
它在雨里转，在手里攥
正恰如其分地演绎我被爱

我被爱
是在海风吹来之前
在锡福斯码头的集装箱运走之前
而在这之后
一种逃避之美，已缀满苦痛的边缘

我来这里吹海风
十三年前，他来此搜集雨具
蓝色的梅花，金色的梅花
开在利物浦上空
我是红色的梅花，开在东方的雪

我是默西河里鱼群的尾
我追不上水
我是伞，也是散

白雪为灯

与热闹无关，
与刚刚爱上了一个人有关。
与哀歌无关，
与漫天飞雪里空无一月有关。

路，奔跑在路身上；
树，两个影子扭成的一根巨绳。
从大雪里，捞出我的爱人，
他的睫毛失而复得，
翕动成两艘透明的小船。
他醒来就说爱我，
爱一朵在他腹中害羞的梅花。

与时间无关，
与宇宙的停泊有关。
让石头醒着，让一切醒着。
从大雪深处，捞出湿透了的他，
亲吻他。
在群山赐予的豁口，
天空微微蓝，风吹冷它自己；
在流水停止的低洼，
冰结在冰上，草死在草上。
有两个影子并不虚弱，
他们爱意蓬勃，正举着白雪为灯。

雨亭的诗

雨亭，本名郭伟娟，江苏常熟人，常熟市作家协会会员。诗歌散见于《扬子江诗刊》《诗潮》《诗歌月刊》《上海诗人》等刊物。

鲜花与山坡

格桑花，给山坡修剪成
一座花塔

它的基座庞大
塔尖就剩下头顶的那一簇
白色小花

就像被驯服的
野性的爱
退守到最后的阵地

秋天

兴福山道上的蝉声
已轻了一些
落叶轻盈，随破龙涧顺水而下
我有流水之心
陪松针在石阶上，缝补光阴

这些年，我一直
行走在中山路的两座庙宇间
向南兴福，朝北三峰
阳光在左，雨水在右

这些年，我时常梦见落叶还乡
那些我爱的人，都走在回家的路上

给你

暴雨猛烈而仓促，瀑布般
从空中挂下来
像我们这么多年的努力和隐忍
突然有了一场
酣畅淋漓的宣泄

中年以后，我们依旧
接受时间给出的破碎

你看，被暴雨砸了一地的绒花
依然淡雅芬芳，骨骼清奇
湿漉漉的羽毛翩翩欲飞

可是，我们怀抱在一起的命运
多像这树，有着合欢的名字
又必须独自承受悲伤

上海女诗人

缎轻轻的诗

缎轻轻，原名王风。诗人，作家。中国作家协会会员，曾参加《诗刊》社第三十四届青春诗会。

爱

一个婴儿
在浩渺夜空中诞生
眨着懵懂的双眼
观察银河
我是这个孩子
你是划过银河的火流星

静静的人间，有一个平凡的
夜晚，除了我俩
什么都没有

深不可测的镜子

有时候
我是一面深不可测的镜子
你说看不透我有多深
但我只有薄薄一层
水银装下喜怒哀乐
勉强成形的躯体

但那是平面的、线性的
绝不是我的全部

我是一面在深处完成衰老的镜子
因为时间线性
流进了你的内部

齐物·镜像

但愿你能看见我的溃烂
逐渐腐朽——
我已达成一半
但在走向你心脏的半途中
突然撤退

我是曹植眼里的甄宓
化作乱舞在牡丹芯中的野蜂
看他跪在墓碑前哭
像个孩子
他号啕大哭，泪水湮灭向——
埋在黄土底下的一个人，但那是
另外一个人

我是他手中紧攒的图鉴
一页溃烂的残片
我站在铜镜前莞尔
映射坐在计算机前，镜像翻转后
看见：新世纪，一名发怔的女程序员

生活是眼前的苦咖啡与绵密奶泡吗?

还是黑白相间的代码之诗？
经幡绵延，喀喇昆仑雪山
轰然隆起
而皖南的太平湖畔，一畦蓝雪花
正开到荼蘼

你看到我正在老去吗？
"衰老"，美入深渊的词语
这些年，我理解了智者与傻子
并于体内滋生出相应的精明与傻气
命中的溃疡，微小耳疾
把黄昏点燃，凝视：火炬尖锐
明月微残，风行薄水面

王小拧的诗

王小拧，口红文学、盲热文艺主理人，猫奴，手作创作者。现居上海。

四把刀

冷链配送
每箱生蚝内藏一把刀
我不参与撬杀和烹饪
只负责吃

水槽边　窗台上
搁着四把刀
那是我的勋章

谈判专家

他看上去
一定是个普通人
发福　谢顶　委曲求全
他能引起歹徒的怜悯
或者
至少分散歹徒的注意力
当花十三和我聊起谈判专家
我一边听

一边把手悄悄伸进他的衣服
弹拨他的乳头

我在意的是
他所拥有的最高权力
触发暗远处狙击枪的隐晦的
肢体动作

俞璐的诗

俞璐，诗人，民谣组合"小于一"主唱及词曲作者，现在上海从事电影工作。参加《诗刊》社第四十届青春诗会。诗歌作品散见于《收获》《诗刊》《今天》等。

凸面镜

急于打发时间，
就在街的拐角蹲一批神话
闯进来的统统警告
水和火的巡警。贴条，
后巷的杂草长势喜人

哪有什么正经事？
只有捕蛇人
赶在石化前，诱捕新手。
月桂树下的独立画廊
神，眯缝着眼睛

信仰一旦坍塌，凡人就收网
谁敢嘲讽进化论是陷阱，
谁就被一网打尽。

砰砰！其中一个神开始撞门
另一个索性掀掉屋顶
故事在人间传颂，才算奖品
神呵，对文明一无所知

周幼安的诗

周幼安，满族，1997 年出生于辽宁锦州，同济大学艺术学硕士，现居上海。有诗歌及小说作品发表于多种刊物，入选多种选本。参加第十四届十月诗会。

秋日读稼轩词

破碎的缘由，往往在落叶中
获得确认，又到一年秋天
棕色的世界删繁就简
将到期的背景素材拖进回收站

人间留给你的东西已经用尽
除了深山的鹧鸪声，还在继续
你寻找着谁是唯一的荐鹗，从黄昏
向年轻时倒推，那么多鸟的羽毛

铺满歧路如迟日的大雪
现在你明白了，拥有翅膀不是
飞行的唯一条件，还需种属，体态
呼吸与平衡感……哪怕曾经无数次

扇动北归的雁阵，形成旋涡
向外不遗余力地吐出真相
实际上，遗憾是听到哀筝还会落泪
想起彼此无可挽回的未完成时

黄心玥的诗

黄心玥，生于上海，现就读于纽约大学 MFA 项目。其中文诗散见于《青年诗人》，《诗丛 1942》，英文诗见于《The Georgia Review》《Hayden Ferry's Review》《Electric Literature》等刊物。2023 年，凭借一首英文诗获得了 Loraine Williams Poetry Prize 一等奖。此外，曾入围过许多美国诗歌奖项，包括乔伊·哈乔诗歌奖和 Black Warrior Re-view Poetry Prize。

用餐几位

为了庆祝我们相遇，我应该烤些小蛋糕吗？
思想似澡间男体不避讳雄伟在我身侧，你
还要与它斗争些什么？周游我几个维度的
糖衣已经不能扯出更多裂错，你看我皱眉
痛咽干面包，一时竟不知该喂我水，还是
驱使污辱大力载我去世界的另一侧，回答，
快回答，你说如果我再不回话，就打算把
原本给我的预定位置给她，终于咳嗽缓解，
我却变成了一片窗玻璃，你越看我，却越
只能看到我以外的——

男雾

掌鲫巡游于湖的南北，仅仅用凡念也能翻起
浪花吗？河床边，盲柳发出春芽叶，呼吸一睁

一闭，如闪动的波光银迹，着急的鸟喙在水上
点 —— 撅起尾部，预备一种新的前进，狂桨
一般的你把自己提起，后坠入无边的滞蛊是水
样的我，水是我，你的倒影在我，你在我，我用 ——
我的轻浪，围绕着拍打你蔓延，笃舔你的砂石
直到它如龟般硬，而往昔的我或已趴在你的脊背
上看尽了天数命运如此，夏夜里，于荷田达旦
潮水是我，薄水是我，净水是我，浑水是我，
也是我越变越多，载你在我肚皮上翻浪 ——
可这也就罢了，没有让你在我的湖心里落下
你的锚啊 ——

湖北女诗人

阿毛的诗

阿毛，中国作家协会会员，武汉市文联专业作家，文学创作一级。出版有诗集、散文集、长篇小说、阿毛文集（四卷本）等20余部。作品入选多种文集、年鉴及读本。曾获多项诗歌奖，部分作品被译介到国外。

摄影家和诗人的耕读庄园

它的灰色石刻 Logo 和彩色木质栅栏
被选作了
摄影家当日的街拍题图

而进入诗人笔下的是
他们的躬耕、朗读、畅谈
她们的烫金马面裙邂逅欧根纱蓬蓬裙
的湖心长廊和清吧茶室

随处可见的小南瓜、枯莲蓬
和田园美图

而童声诵读
将水印的小蝌蚪演绎成阵阵蛙鸣

游华清池有感

你们一次次用手和目光
拂动
这温润怡身的前世汤水

盛装着现代骨感美学渐失的胶原蛋白
凝聚的古意肥厚的苹果肌

盛装着一位丰腴女子身体与灵魂
的泡沫与沉渣

黍不语的诗

黍不语，1981年出生于湖北潜江。著有诗集《少年游》《从麦地里长出来》。参加《诗刊》社第三十五届青春诗会、《十月》杂志社第七届十月诗会。曾获《诗刊》社年度青年诗人奖、扬子江青年诗人奖、屈原文艺奖、《长江文艺》双年奖等奖项。

立场

如果不是一阵大风
不是一阵大风从背后突然袭来
不是一阵大风突然袭来将我刮着跑
不是一阵大风将我刮着跑得东倒西歪没有方向
我尚未发现我是如此轻便，薄弱
连一阵风也无法抵挡

我甚至还随着它跑了一会儿

当我在路上不停地走

是一阵哭声穿过
1981年的秋天在走

是秋天降下一片原野
以纯真而狂野的想象在走

是想象送来缕缕南风
向脸庞吹送着轻柔与无伤在走

是独自上学路上
迢迢飘来又荡去的第一朵云在走

是四十岁时突然
久久望去的煌煌落日在走

是不绝如缕的雨水和昏黄在走
是惊人的沉默与忍耐在走

是一枝玫瑰细小的绽放和枯萎
在走

当我在路上不停地走，妈妈
我是一缕渺茫的叹息在头顶的青草间聚拢又弥散

夜晚的白杨树

细雨中
在夜晚的马路上正大步走着
一阵强风吹来
听到哗啦哗啦的声音
泠泠脆脆，飒飒纷纷
停下来转头
看见马路对面的空地上
孤零零剩着两棵白杨树
风在它不断翻卷的叶子上流动
我想起从前

在我还没有认识这个世界的时候
外婆门前的白杨树
就是这样高高立着
叶子就是这样被风翻卷着
一切就是这样哗啦哗啦着
我走过去
想离它更近些
想听它更清晰些
想看它更欢喜些
然而风小了
或止息了
我独自在它身旁站了许久
等待了许久
才发现我所有的
热望与等待
不过是一阵易逝的风

罗秋红的诗

罗秋红，诗人，词曲音乐人，中国作家协会会员。现居武汉。著有长篇小说《雪儿，你在哪儿》，诗集《罗秋红诗选》，散文随笔《罗秋红精品集》等。获第六届中国当代诗歌奖·新锐奖，第四届长河文学奖优秀散文集奖等。

像这样细细地听

人老了，就应该细细地听
草尖上，小虫子的清唱。
放慢脚步，只当自己是蹲在，
小虫子身边的蚂蚁。
若看见蝴蝶饮寒露，就升起
婴孩吮吸，母乳的音律。
若看见蜻蜓在秋风的推搡下，
坠入烂泥坑，就升起宇宙人
对万物掏出的"轮回模式"。

作为一个诗人，不要冒冒失失
就搬出"青春的躁动"
人老了，就该起身走向
婴孩的摇篮。张开双臂你会
看见神灵，为你托举一万片，
峰回路转的禅叶。而蝉鸣箍住的，
银色钩线，也为你钩住
"整个山林的寂静"。

无声的宇宙

夏天，最好让檀木梳子
推动头上的暗流。
最好让暗流里的白发，露出
草籽的瞳孔。然后把手机
当成废铁，悄悄放进抽屉里
然后漫无目的，向郊外走去。

遇见熟人，迅速低头找地上的
鹅卵石。遇见花蝴蝶，
跟着它追赶。像小时候
很自然的样子。
玩累了，掏一下耳蜗，
席地而坐。
一只鸟突然站到你肩上
你露出见惯不怪的样子。
一只手摸到另一只手的蚂蚁
像摸到了"无声的宇宙"。

燕七的诗

燕七,本名蔡英,湖北大悟人。

自我的进化

暴雪后的清晨,到处是断裂的枝丫
风雪中的飞鸟,寻找它们失踪的巢穴

自我的进化都是艰难的。那时多希望
送自己去火车站的人
爱自己,和自己渴望的一样深

不被理解多好
可以把破碎的自己,一片一片捡回来

星星和萤火虫和我

我们都是在黑暗中
才学会了发光

看不见的神

根本不知道
是谁举起了太阳

又举起了月亮
在我陷入泥沼时
又举起了我

徐述红的诗

徐述红，70后，出生于湖北五峰县，现居四川眉山。作品散见于《诗刊》《诗歌月刊》《长江文艺》等多种刊物。出版诗集《暗香》《雪夜的隐喻》。

怀柔

我用36.2℃的身体
摸摸《红楼梦》的结局
摸摸1937年雪国里的川端康成。

我摸到的事物都在瑟瑟发抖
而往事穿越千里冰封，停在我的边境线。

而落叶托起的积雪
正努力着一点一点
积攒着它的厘米和分米
达到怀柔的高度

湖南女诗人

张战的诗

张战，现居湖南长沙。中国作家协会会员，出版有诗集《张战的诗》等四种及散文集《雨梯上》。

摆餐盘

我爱的那女子站起来重新摆放餐盘
我们一起喝擂茶
我数了，桌上有四十八个陶盏

食物全来自大地
酸苞菜脆得浅，黄瓜皮脆得深
饭豆糯得沙，腊八豆糯得黏

萝卜干硬实，芋头娘瓷实
紫苏叶韧滑，南瓜花软滑
苦瓜苦甜，丝瓜清甜

我问，什么才叫鲜
新鲜，无蔽无碍的本味是鲜
盐不能多，淡才会鲜

带露摘下的黄瓜
蒂茎上瞬间爆出绿汁
站在瓜藤下，对不起，我把它吃掉了

我爱的那女子站起来重新摆放餐盘
烧红辣椒要挨着剁辣椒放
艳红用深红压一压

茄子倚着芋头，紫呼唤白
白色四围可以是任何色
那就把褐黑移过来吧

我爱的那女子挪动陶盏轻巧
如女娲摆布她造出的山川
万物好看，一一归位

男人们忙着敬酒走动

男人们忙着敬酒走动
女人才懂得将食物品尝
她们坐下，细细咀嚼

如何从虚无中生出一个鲜美的存在
一朵枞菌来自深山
肉感又柔脆
一定有一个力轻轻捏了它一下
烟云抟成了小土星
松林与雨、古老的土地
值得以太阳第六颗行星来命名

一勺野蜂蜜来自一块巨大的青岩
十七个蜂箱，倒扣的木桶
酿出这蜜的蜂肯定醉过
蜜酒夺走过它的呼吸

回到蜂巢的路险象重重

酒使喉咙麻木
闭上眼睛品尝的女人此时孤独
白瓷盘里一弯蛾眉豆
圆圆豆粒，窗外明月
一头白鲸拖着长尾沉入了海底

秋天我又打扫屋宇

秋天我又打扫屋宇
抹布洗得发白
柔软吸附每一粒灰尘

从何而来
以微米之力
灰尘宣布对一切裸露的占领

轻轻把你们拭去
在两个榉木音箱台面
在茶壶嘴和茶壶身的衔缝处

眼睛看到哪里
灰尘就会在哪里
你寻找，它就显现

阳光从东窗照进
野马尘埃
悬停在金色光柱里

有时吸尘器咆哮
床底下的小灰球
书架最高处的灰绒毛
我爱这徒劳的战斗

春天夏天我去了许多地方
现在我回到我的屋宇
我的地板上有大海铁灰色的脚印
我也更爱静坐
如红花绿绒蒿盛开时的垂首

秋天我打扫我的屋宇
阿波罗号从黑月亮里驶出
比尔·安德斯看见了地球
一粒蓝色灰尘从虚空中升起

谈雅丽的诗

谈雅丽，1973 年出生，湖南常德人。中国作家协会会员，出版诗集《鱼水之上的星空》《河流漫游者》，散文集《沅水第三条河岸》《江湖记》。

天使记

一场意外车祸事故，最终结果是——
男人从医院抬回成为植物人的妻子

微微隆起的腹部，表明她还是一位
憧憬美好明天的母亲
医生断言，她永远不可能苏醒
——除非有奇迹发生，为着这份生死绝望
男人哭了三天三夜

他用光所有的积蓄，也舍不得遗弃
她们中的任何一位
每天把食物打成流质输入妻子的胃中
每天轻抚她的腹部，感受婴儿的胎动

男人是丈夫，更是护士
十月后剖腹产取出来一个白胖的女孩
宝宝把嘴伸向母亲，发出第一声啼哭
男人突然看到妻子的眼里流出了泪水

女儿的眼睛美得像紫罗兰，哭声响亮如钟鼓
妻子抱在怀里——男人管她叫着"我的天使"
天使也会给贫困善良的人家送来礼物

露珠里的世界

眼见暮色将至，人们在毛里湖的春风中
挥手告别，湿地的夜雾笼了上来
打湿两个急于骑摩托车回家的人

一滴露水还在路上
一滴清澈的露水里包裹整个药山寺
那里的青翠，佛音，那里的慈悲
它仿佛永恒存在，一个世纪那么久
你们还没有听到它滴落的声音

就让它悬挂在那里
悬挂在内心最柔软的一角
就在那里——放置最虚幻的世界
它太像诗了，像一个人的内心
那么透亮，容易破碎

邓朝晖的诗

邓朝晖，湖南人，中国作家协会会员。曾就读于鲁迅文学院高研班，参加《诗刊》社第二十三届青春诗会，出版诗集《阳台上的大海》等。获二十七届湖南省青年文学奖、第五届中国红高粱诗歌奖等奖项。

帕米尔的杨梅

我说过杨梅宝贝
那些从树上落下来
还没有毁掉的果子
"像极了旷日持久
仍不肯撤退的爱情"

如今她们已从人间蒸发
没有一丝白色的痕迹
仿佛从未来到过人间
未落入负心人的唇齿
她们在树上眺望了三年
等待一阵来自帕米尔的风
结出葡萄般的果实
闪着波斯人的泪光

我说的杨梅出自南方
黑暗里开花
天明时遁去

所有的热烈只在黑夜里铺排
包括　低下乌红的头颅
向一切往事颔首

夜幕下的石榴树

当我们离开的时候
我才看见有一树石榴
在微微的发光
滇红喝过了
小虾和鳝丝也吃过了
河里的怪兽还没有来
你的信也没有到
我此刻撑开一只巨大的口袋
等待来自西伯利亚的风
等待吐鲁番的热浪

橘颂是战国的事
楼兰是明日黄花
德令哈的姐姐惦记高山之巅的黄昏
那些低声咳嗽的日子
想忘也忘不掉
石榴满嘴含着晶莹的秘密
在树影里挣扎

玉珍的诗

玉珍，1990 年出生于湖南。作品散见于《人民文学》《天涯》《诗刊》《长江文艺》《湖南文学》《汉诗》等，出版诗集《燃烧》等。

梅雨

我往昔的记忆认得这飘荡的梅雨
阴晴里湿重又稠密
蛇总在丛林中扭动
将两腿放入河中就能体会到
海的想法
果子浮在水上像生存之上的油
遮蔽又浪荡
一种奇异的命运依着碧波起伏
贫乏中的美及那奇特的激情到处发散生命
像臭水沟气味野生而强大
我没有别的愿望
只希望晚餐来临后吃饱了入梦
我那时还很无知
发现无底的树洞连接宇宙
将大树当成床榻一样歇息
我往昔的记忆还认得这一切中的气味
自然的各安天命的气味
我用我诚实的真挚与荒野交往
我不能忘记那纯洁的相知

鸦

鸦飞过这个城市，叫了一声，
只有我听到，
像是从株洲西部山区飘来的一根火柴
在空中擦了一下
但没亮
这时候大家都在赶路
最后的晚霞疯狂地释放在楼顶
夏天燃烧殆尽
鸟类骤然孤独

婴儿的语言

想必他早已在我们这儿
生活了几十年
通过无语言穿透我们的表达
然后他开始表达
并胜过我们
吃奶的婴儿占领我们的梦
因为那新鲜的焦虑使人兴奋
那双眼的情感不会是我想象出来的
但他并不懂情感
正是那无知的天赋使我们
手忙脚乱，支使我们为他忙进忙出
我每天猜得很累，但绝不停止
他还没有记忆，什么是没有记忆？
我咬牙经过那没思想的
黑暗与闪烁。他的无知
就是他的文学？

一个婴儿在儿这比什么都复杂
我们往那儿倒所有好奇的
像对着神祷告
满屋子条件反射与反弹
不住地被捕捉
从我们话中漏出的
别的话，都是他未来的语言
在某天他会突然说出一句
接着是
无法闭嘴的一生
不切不可返回，关闭不了表达
他正在张开语言
像从那儿钻出来一样

贺予飞的诗

贺予飞，湖南宁乡人，管理学博士，文学博士后，现任教于中南大学。中国作家协会会员。入选《诗刊》社第三十七届青春诗会，参加第九届全国青年作家创作会议，出版诗集《星星的母亲》。

万有引力

万千汉字朝你飞过，你却无法认出一个
那些似曾相识的偏旁是嘈杂世界里
你丢失的故人，隐秘的记忆，贫瘠的岁月
已经在高塔内踱步十二载
你依旧没能到达那个理想的视角
热衷于控制论的人终于不再说话
在另一套语言谱系中，你可以拆走任何部分
这份慷慨既是蜉蝣人生里的幸运
又照见了你两手空空的窘迫
脚下的土地发出召唤，有一种饥饿
让你沉浸在头顶的群星
和青草的窃窃私语中

鬼针草

携带六千颗种子，一棵草
也有不能说出的野心
和忍不住要分享的秘密

如何在细小的根茎上孕育爱
不让她过度低垂和扭曲
是所有母亲耗费半生
去修炼的课程
从洁白的花瓣走进泥土内部
深入那幽暗的子宫，她要丢弃什么
才能戴上花蕊中央小小的皇冠
拇指尖大小的花，从春开到冬
为的是等待一个擦身而过的时刻
让寂寂无名的人生激起波澜
衣袖里隐藏的倒钩已发射
琴音不绝于耳

她要去命中那些干涸的人
在望不到边际的躯体中开花结籽

江西女诗人

林莉的诗

林莉，诗文多见于各报纸杂志。出版诗集多部。曾参加《诗刊》社第二十四届青春诗会。

眷恋

油菜花又回到人间
河滩边、田野里
风领着所有的芬芳奔赴
无数人在离开、重返
沉寂的荒原突然沸腾
因怅然而被阳光濯洗
因繁花相送而微微酸楚
能向你表达什么呢
春天何其美妙，而我
只想在人间坐下来
看花蕾绽开又凋落
流水转动时间的木桨
怅然若失，又以繁花相送

唯有月亮让我们抬头

雨停了，月亮
从深渊里升起

真好啊，春天里第一轮满月
干净、饱满，在麦田上空移动

此时，你该已入睡了
用梦中的梯子接走一小片光吧

麦苗投下翠绿的影子
高铁就要运来盛大的南方

寂静的仰望中
至少有一瞬间，明月满盈

在天地间踱步，替我们慢慢
回想，一生中落在肩上的那些雪

或者什么也不做，果实般悬垂
听着果核里送来风的声音

旷野中的乌桕

高铁穿过旷野
那里有一棵乌桕红了
放下了所有过往
甚至内心一段秘密的悲喜
大多数人，坐在车厢里
并没有在意它
猜想中，风穿过
树叶在飘落，消失
叶脉留下岁月的伤痕
铁轨弯向看不到尽头的路途

短暂经过的人，并不停留
朝着各自的远方奔忙
一点点风卷落叶的声音
颤抖着，红着脸
树叶放弃了枝条
火车不知去向哪里
旷野中，没有
挽留，也没有送别

吴素贞的诗

吴素贞，江西金溪人，中国作家协会会员。参加《诗刊》社第三十五届青春诗会，著有诗集《未完的旅途》《见蝴蝶》《养一只虎》，英译集《吴素贞的诗》。获杨牧诗歌奖、江西年度诗人奖、江西谷雨文学奖、江西省文艺创作奖等奖项。

落星墩

连通湖底与苍穹的，是颗流星
留下火光与大风夜的，是流水
上善若水，形如上古的毁灭力量
消失了

水草以燃烧的秘密为食，茫茫无际
风第一次披上风的外衣
犹如时间的始端，一块巨石开始呼吸
长出胎记，鳃

霜降日，没有哪一种绿
可以如此驭风
像乱流般书写时间的旋涡。又像
在教育一群候鸟，控制高处
与之对应的深渊

插花的女人

　每一朵花都像她的侧脸
无死角呈现。她在玻璃的另一端
也许还有音乐

她应该喜欢饮酒，填词
午睡后
将宽大的袍子落于镜前

古樟

曾经的伤口触目惊心
巨斧的副本还留在树的中空

躯体一分为二
我走了进去
——闪电反复确认的死亡
此时像安居室内的词语

树干的内壁
纤细的指爪按住时间的阴影
收走全部的黑
它已然成为一种神祇

据说，有人在树下进香
恶病瞬间消除；一个流浪汉
半夜痛哭
磕头，将自己献为一件祭品

仿佛某种福祉，当树叶
温柔地舔舐阳光
内壁的纹理开始流动
听力好的人
在其中可以听到命运的预言

舒然的诗

舒然，祖籍江西。国际汉语诗歌协会理事，中国诗歌学会会员，潜溪文学诗电影制片人。出版诗集四部，多次荣获国际诗歌征文大奖，曾获 2021 年度全国十佳诗集奖、《诗刊》社十佳朗诵作品奖等奖项。

废话

我不想听你说废话
生活那么忙
不必忙着解释它的颜色
我想听你吟诗诵词
比如"心有猛虎，细嗅蔷薇"
比如阮郎归
用我听不懂的语言
或者你走过的地方

不必声音婉转，也不必煽情
只要是你的声音
我便爱听
你也可以不读与我听
但我，肯定会失望
因为所有神秘的词都会消失
因为我又说了一大堆
废话

镜中门徒

太阳如此渺小
我等竟无法藏住一句谎言
秉烛夜游，大海泛舟
捞取一叶古诗
便是星星点点的镜子
照你说的怀才不遇，伯乐空迹
或孤芳自赏
又惜无人识得此如花容颜

穿过每一面镜子
照到内心本来的妖孽
如穿过一道道尘世法门
歇息处又是原地
我等门徒
终将失去镜中真相

范丹花的诗

范丹花，江西上饶人，现居南昌。中国作家协会会员。入选第十二届十月诗会、《诗刊》社第三十九届青春诗会，著有诗集《黑与灰的排列》。获 2023 江西年度诗人奖。

枕木之上

你想到了他。仿佛这世界上
就只剩下这一节车厢，它带着你
穿过大地黑色的胸膛和最深的暗夜
那种隐忍的撞击，从陌生区域
与这有节奏的轰轰之声融为一体
这浩大的向前的牵引，一种幽暗中
触摸到的金属般的外壳，从光滑的浅表
不断摩擦着你又缓慢掠过了你
这边缘中与万物靠近又瞬间分离的气息
让你恍惚于身体持续的弹动
携带着火车最后的忧伤，穿过了河南
正来到了山东与河北的交界，就这样
你在半夜醒来，听火车在铁轨上驰骋
脆弱的耳朵无数次卷入又被神奇地送回
无数次。你的心被碾碎
在这最后一节车厢里，整个世界
就只剩下这一种破碎的迷人的声响

阿尔茨海默综合症

迈克尔·哈内执导的《爱》
至今让我难忘，同是年过八旬
乔治与我的姑父每天面临的难题
都在卧室与客厅重复的长镜头中切换
怎样给瘫痪的妻子喂食，擦拭并搬动
她已长了褥疮的身体，当我最近一次
走进他们的居室，刺鼻难闻的气味
充斥着这个因杂乱而变得狭小的空间
门口堆高的尿不湿似乎是异味的源头
在这荒凉的背景中，他弓着身子
在屋内小步走动，运送着尖利的石头
一座山仿佛不动。退休前，他们都曾是
社会上十分体面的人。电影最后
乔治用一个白色枕头蒙住了安妮的头。
半夜我辗转难眠，想到离开前
我站在床头用手抚摸她，她的左手伸直
握着右手腕，右手微微上抬
仿佛用尽了所有气力，从混沌的黑夜
紧紧抓住了一个旁观者温热的边缘

徐琳婕的诗

徐琳婕，江西浮梁人，中国作家协会会员，鲁迅文学院第四十六届中青年作家高研班学员。诗歌发表于《诗刊》《北京文学》《当代》《星星》《诗选刊》《扬子江诗刊》《诗潮》《草堂》等刊。获2022年、2023年江西年度提名诗人。

后来

吃完饭，我没有像往常一样
立即离开餐桌
母亲总是最后一个端饭上桌
我陪着她——
这样的面对面，印象里是极少的
母亲突然谈到文学，谈到
想为自己的一生写一篇小说
她一边咀嚼饭菜一边饶有兴趣地
开始搭建记忆的桥梁
那是一座并不稳固且有所缺失的石桥
她在几个尖锐的石块上做着
长久地停留——
外祖母高烧全身打着寒战
却无法及时医治
外祖父外出做小工直至深夜未归
她回到六七岁时一个小女孩的身份
在那还未成型的稚嫩的深渊里
醇满了疼痛和泪水

我时不时追问一句"后来呢？"
每当这时，母亲就如深坠水底
对于后来之事，全然记不得
是啊，后来——后来
那些拼了命想要留住的人
终究还是离开了

触不可及

很多次，我意识到你拥有白天和黑夜
喧闹与平静的不同面孔，以及
潮水翻涌时由深至浅的色泽的渐变
但这怎么能足够——停滞在你温驯的表面
此时，我站在海岸的十四层高楼
远处屹立的灯塔，如坚实而无声的召唤
金黄色的细沙铺垫柔软到热烈的印记
整个行途迟重而缓慢——
无数朵浪花的碎片洇湿内心干涸的部分
而偶尔逆向进入它的深处探寻的企图
被莫名的眩晕裹挟并打断
我们向更远处望去，褐色的礁石起伏不定
一览无余的视线出现跳跃的断层
不能再看到更多了——那种辽阔
加深了情绪惆怅的底色
那就在此停留吧——我绿色裙裾的飘带
以及头顶的海鸥，在回旋中
表达由于想象的缺乏而被限定的无奈
直到太阳西沉，灯塔的闪烁之光就在眼前
我们曾以为的抵达与照见，终是不能

浙江女诗人

荣荣的诗

荣荣，本名褚佩荣，出生于 1964 年 2 月。出版过多部诗集及散文随笔集，参加过《诗刊》社第十届青春诗会。曾获《诗刊》《诗歌月刊》《人民文学》《北京文学》等刊物年度诗歌奖、中国作家出版集团优秀作家贡献奖、首届徐志摩青年诗人奖、第二届中国女性文学奖、刘章诗歌奖、十月文学奖、全国第四届鲁迅文学奖等奖项。

奔赴

静止时，一杯醇厚的酒与一杯纯净的水，
一样的心平气和。

那只是外表上的收敛或妥协，只是将水里的
火藏起来，那些被酿造的粮食和流水。

我更喜欢它们在不同器具里的样子，
经典的或煽情的，那些个性别具的外衣。

甚至装作一口袋粮食，细麻绳扎着口子，
被搬运着，用来小酌或畅饮，珍视与收藏。

他就带着类似的酒长途驱车而来，
奔赴夜晚一场相聚与别离的狂欢。

纯音乐的背景里，他感觉自己是高速上的清流，
有时就是一坛酒，一个让人惦记的醇香男友。

走神

那人在讲台上宣读着什么，姿态冗长。
为什么还要放慢语速？

时间成了一条蠕动的线虫，
跌落于空阔的目光隧道。

她神游天外，或回到一个梦里，
看到他挣扎于一个缓慢的苦难里。

如果继续分辨，还能看到她牵扯其中的因缘，
看到她的祈愿，正在坠毁的泪水星星。

奔赴或回应，久若一次轮回，
又瞬间无痕。回神时她一记讶然。

捂向嘴唇的手，带起了一些现实的阻碍。
此刻，没人看见地毯的墨绿在光影里的浮动。

卢文丽的诗

卢文丽，浙江杭州人，诗人，作家。中国作家协会会员，中国诗歌学会理事，主任编辑，文学创作一级。现为杭州市作家协会副主席，杭州市作协诗歌专委会主任，浙江省作协诗歌专委会副主任。出版诗集多部。

爱

一盆鲷鱼刺身，
被端了上来。

它凝视着你，
带着完整的首尾，
嘴唇翕动；

中间失去的肉身，
像某些失忆的部分，
在盘中
组成一朵晶莹灰花瓣。

它甩着尾巴，
仿佛仍在水中：
一把游动的刀；

岸边
点缀红花和绿叶，

充满仪式感。
一把多快的刀，
才能呈现这样的美。

一双沾满芥末的筷子，
伸向它
搁在鳃边的心脏，
停止了跳动。

幸存者

好天气！南方
用阳光饱满的手掌，
摩挲泛黄的信笺：
一缕箫声飘向远方。

它们在世间，
已汲取三十多年辛酸苦辣；
它们的主人，
有的去了天堂，
有的仍在颠沛。

如今还有哪只手为你写信？
如今还有哪缕阳光为你投递？
还有哪把伞醒来，
在林荫路上徘徊。

世界小得像一只邮筒，
堆积着千丝万缕的传奇。
她和这些信成为幸存者，

啊，火焰之中救下的诗篇；
啊，时间深处涌现的玫瑰。

如今落叶又开始轻吻秀发，
灵魂又开始滋养黑土，
那些在天空下写信的人，
他们中谁都不曾死去。

桑子的诗

桑子，诗人，中国作家协会会员，浙江省作协第十届全委会委员，绍兴市作协副主席。著有《栖真之地》《德克萨斯》《雨中静止的火车》《野性的时间》等诗集、长篇小说和散文集十余部。曾获浙江省优秀文学作品奖、扬子江诗学奖、滇池文学奖、紫金·江苏文学期刊优秀作品奖等奖项。

沧海月明

他们在谈论诗歌　谈论庄稼
在地里疯长
无数旧事在蚌体中孕育
从过去蔓延而来包裹了我们
如分别时长久的拥抱
三十年了　暖风和一箱书
还有范姓的老师你的母亲
已在绵延的青山之上长眠

如异物植入体内
旧时光在伤口处艰涩地
改变着我们　多么幽深
激流和旋涡破坏着安宁
蚌壳坚硬
反对手持利刃的人　反对暴力
反对被观赏被屠杀被待价而沽
是什么在我们体内追逐与杀戮

尖利的金属物切断了
我们对旧时光的偏执

上一次死去是分别
这一次死去是在蚌体中取出珍珠
动作必须轻柔
如月光拂在身上
引颈就戮的一生
如珍珠在无限中孕育
以死亡相威胁
以虚空来和解
月亮不圆　星星硕大
湖水闪烁的光亮严肃而愉悦
仿佛要找到每一天的意义
直到密集的雨声如急促的鼓点
直到我们在叹息声中认出自己

育蚌记

据说我们的祖先
在种子发芽和豆子结荚时
能通晓未来
眼泪在分毫不差的时间里
为村庄祈福
一切变化和变化中的一切
从自身分离出来成为它者
众人在体内生长
成为外部的自己
无一例外
一部分自己吞没了自己

川流不息中多么清晰的隐藏
许多世纪过去
太阳仍深陷蔚蓝
花斑鸟仍在啄食
这是寂静的一部分
那个过时的你可能是无数个你
以终结某一刻而永存
整个世界无数人的命运
一切精准的发生与命名
我们太老又太年轻　既悲伤又喜悦

夜航

积雪和我们惬意的幻觉正在消亡
一代人或一个时代譬如湖的圆周
它周期性的自给自足
大树的年轮里有无数个我
每一年无数张看不见的脸
一条航线如一条未被允许的道路
我们的另一个身体和公开的秘密
万事万物基于瞬间命令我们服从
每一天穿过陌生的城市冗长的夜
失眠或想象中的睡眠
万物在夜的阴影里生机勃勃
我们穿行其中如溪水淙淙

张巧慧的诗

张巧慧，浙江慈溪人。中国作家协会会员，已出版作品八部。参加中国作协《诗刊》社第三十届青春诗会。获华文青年诗人奖、三毛散文奖等奖项。入选"中国新锐女诗人二十家"。

灵峰寺

登山，爱它居高处
超越红尘的样子
爱它与人间保持的距离，又
留下一段石阶
寺前的空地，适宜俯瞰
山下的拥挤、加叠与喧闹
直到看出凡间的小，才松一口气
寺后的流泉，适宜煮茶
山僧们戴笠荷锄，引水入寺
柔软的管子，穿过山径
穿过坐果的杨梅林，穿过墓地
那一口清泉，有更多回味
寺院的中庭，适宜
摆几把椅子和一张空桌子
供几个失意人闲坐，议几句古今
观月观星观云海，
星空高远，银汉璀璨
恒星在燃烧自己。只要你抬头，
再深的黑夜，也有若隐若现的光明

我独爱殿前的那盏灯，孤寂
像参禅的高僧回观自己的内心
保持着慈悲和自律
又与山下的万家灯火构成血脉相连的呼应

上林湖边的玉兰

像一个历经沧桑的人
上林湖，怀揣着唐宋的碎瓷
湖底挖出的瓷片，展览在博物馆里
有人来，又有人来
时间和裂缝都是美的一部分
"厚积的美，和单纯的美，哪一个更令你心动？"
像一个不谙世事的少女

张小榛的诗

张小榛，青年诗人，毕业于武汉大学，现居杭州。作品散见于《诗刊》《飞地》等刊物，著有诗集《机器娃娃之歌》。

运河端午随想

我能听到你们在床下
隔着一层雨雾细碎涟漪
捕猎、繁衍、为长命的绣球花延续光阴。
哦，大运河，我漫无止境的卧榻
季节铰链在你内部往复开合
吵得我辗转难眠。
从江南至塞北你弦歌连绵，欢庆
海潮与鱼的消逝，灰河沙落在水面
每天我都在哀悼逝去的一天中度过
而你固执地将植被埋入船尾烟障和泡沫塑料
偏要他蓬勃。再过一千两百日船成为朽船
归于你，长眠我瓷枕内
锈脱的灰尘、带壳稻谷、民泪
自南向北逃离我垂拱平章的旧梦。
大雨是从我祈祷。
愿有雨幕如被，掩蔽我们：
我们永远等不到杯中冰块融化成梅子。

论吾生如寄，致苏轼

速朽呵，我们降生时初次啼哭
与纸页与墨，疾风中叶簇划出的图案。
焦灼与忙碌捆我如绳，速朽，哪怕
石头上你刻了字。想那六月
我自行车至麦岭下，触摸那块滚烫如火核
或似太阳内部漫漶不清，你的字
揣测宋、元、明、清遗失了哪些笔画
我呼吸之间风又磨去哪些。
哦，我将允许我被风吹进，
当我重演植被内部
你躯体也曾如此消失至汝河：
宋拿走你面孔，元占领十指和臂膀
明清取去全部骨殖，唯给我们剩下目光。
六月八日你拖着轮箱住进我家小里弄
深处潮湿的旅馆，
霉和地衣在砖石内摹画小小新宇宙。
绣球花满开，无尽长夏围绕着你，你说你
生如寄
而时间竟胜不过你烫金的到此一游。
你看到我写下的字，你说速朽呵，今日股指
与明天新闻晨报。

福建女诗人

叶玉琳的诗

叶玉琳，中国作家协会会员，福建省作家协会副主席，文学创作一级。著有诗集《大地的女儿》等。诗集曾入选中国作家协会重点作品扶持项目、21世纪文学之星丛书。

年轻的港口

如你所见，大地安放不下的
最终被海水运送
震耳欲聋的清晨
塔吊和滚装船以大海为背景
寻找新的航程
年轻的港口，除了吞吐星星和鱼群
此时源源不断地输出
汽车、镍钢和铜
跳着圆舞曲周游世界
这庞大的事物，我爱它们
千锤百炼，无从模仿
更不会被牵绊。在此之前
我爱年轻的小城和它的异乡人
整个秋天，他们
从滚烫的钢花和奔流的铁流
提炼出比水更柔软的水
比铁石更坚韧的铁石

梵君的诗

梵君，福建人。90后诗人、译者。从事英语教学兼文学作品翻译。作品散见于《福建文学》《诗刊》《诗选刊》《北京文学》等刊物。译有《尼采随笔》《白夜记》等随笔集、诗集和系列诗文作品。

蜕变

那条蛇卧在草丛里
那条蛇在蜕变
它长长的干燥的蛇皮
最终遗留下来
那是带着花斑纹的蛇皮
在草丛之间
它太轻了
而蛇，继续深入
这是一次惯常的蜕变
它发生在我生活的周围
它处于某种事件中心
处于一种潜伏或觊觎的小小震颤
它带来某种意义上的变动
它焕然一新的表象
并不能代言行走者的真实身份
蛇皮的迹象如一种思维
如一个人脱下一个持梦的身体
它太孤独了，它苍白
它缠绕过的事物从没有印痕
蛇，在蜕变中膨胀

谢曼舒的诗

谢曼舒，2002 年 10 月出生于福建，北京大学中国语言文学系本科，香港大学文学与文化研究专业硕士。

天台

对屋居住着丸子头、彩色
棒球帽和腰间盘突出
海滨城市中
湿气与湿衣服相互繁殖
而她有时失眠，有时做梦

没有梦的夜晚她抵着墙沿
听午夜呓语
（笑声，干净的空气，
脚步声……或许是皮鞋？
——寂寞的空调。）
或者安静地等待同一辆摩托车
在十二点呼啸而过
时间休憩的缝隙中
白日降临又隐去

假如能入睡
她们会在两点之后梦见生活
与每一条锁住的楼道
建于 1975 年的唐楼里

父亲舅舅并排躺在榻榻米上
妈妈徘徊在相同的角落
没有小孩（她那时在吗？）
光所在的地方
每一粒灰尘都在跳舞

醒来之后她们行走而生活做梦
天光浅白的边境
满街路人低头并遗忘
然而将将显现的梦境中
通往天台的锁终于敞开
一扇门，一顶天
两条防跌落的铁栏杆
绳索上晾着飘荡的被单
褐色斑点爬在南墙
遗失已久的叔叔站在光槛之内对她说
世界是双层隐喻中的一环

谢谢小年

"黑黑的天空低垂
亮亮的繁星相随"

墙壁流泪的季节我再次睡在了童年中间
盖着一岁，五岁和二十岁的棉被
爸爸手上长了三颗暗淡的星星
喝一口酒就要捂着心脏说没事
（如果不借助那本相册
我们可以说几分钟的话呢）
黄金沙滩上星星落在眼睛里

妈妈穿着鹅黄色纱裙
海水也发黄，旁边堆着小小的城堡
可以住下一只脚印或一次浪花
——她说这时我还在海里当爬爬^①
今天，过了年妈妈又长两岁
因为止痛药她闭着眼抿着嘴角手心发烫
37.5 摄氏度时她问我是不是厌烦家庭
（请教教我，我该说内疚还是原谅）
睡在中轴线能否让我学会切割逐渐成长的身体
来还原二十岁，五岁和一岁
那时你们说好多，我也不用爱

①笔者家乡话，指螃蟹。

广西女诗人

黄芳的诗

黄芳，出生于广西贵港，现居桂林。中国作家协会会员。出版诗集《风一直在吹》《仿佛疼痛》《听她说》《落下来》等。参加中国作协《诗刊》社第二十六届青春诗会，入选"中国少数民族文学之星"，获第十三届全国少数民族文学创作骏马奖。

哑巴说话

那幢别墅有一个瘦小的哑巴
负责看园子

园子硕大，辉煌
他定期修剪草木，打理
假山假水
园子里人来人往
烧烤，蛋糕，欢歌
无数酒杯，空了又满
世间的纷扰汇集
又散去。他看着
大大小小的秘密落进他心里
如石沉大海

"就看中他是个哑巴。"

第一场大雪落下的那个冬天
别墅的主人被警车带走

一只野猫从围墙上跃入园内
留下一排黑脚印
哑巴说：没关系
再下一场雪就又干净了。

间奏

把一别十年的朋友送下
台阶
暮色明显沉了许多

他背对着我
挥手
——长亭外，古道边
口哨声贴着台阶
一级一级缓慢上来
在风中
忽高忽低，和
十年前一样。和
每次一样

我在台阶上坐下来
已经看不见更多东西了
灌木丛中
虫鸟鸣奏，忽高忽低
像我们
曾经热烈的交谈

很快，台阶、灌木丛，以及
那个越来越小的影子

就要变成黑色的无边的海
——就像水消失在水中
就像生命中
每一次必然的间奏

陆辉艳的诗

陆辉艳，1981年出生于广西灌阳。鲁院第二十九届高研班学员，参加《诗刊》社第三十二届青春诗会。出版诗集《途中转折》《高处和低处》等四部。曾获华文青年诗人奖、青年文学·中国青年诗人奖、广西文艺创作铜鼓奖等奖项。

且记

每天，从清晨开始
邻居的阳台上，会有一只鹦鹉
反复模仿人类的语言：
且记，且记……
一只鹦鹉的记忆里有些什么？
它鼓起的胸膛里有旷野之声
野性消失了
语言的技艺让它
如此截然不同：反复被选择
被驯服

想象也是如此
它驯服着我记忆中的明月——
黑夜这间巨大屋宇的
一片亮瓦。当它滑入云层
透出锈迹斑斑的天空
我听见心里的铁片在剥落

鹦鹉还在继续，用人类的语言
不停地重复：且记，且记——
记住这呓语
世界从驯服开始
在它的穹顶下
万物有长久的耐心制造羁绊与回声

去火山岛的路上

大巴车前方，是一片安静的田野
珊瑚建成的白色房子
隐没在树影中
我正坐在车窗边，茫然地
看远处的鸡和鹅群缓缓走回房舍
车子加速前行，路旁树木闪电般
将密集的枝条递过来——
这突然的相遇。一种防御的本能
促使我侧身躲避
"有玻璃挡着"。是的，我知道
那些带刺的枝条不会伸入车窗
它们只是隔着玻璃
在虚空中，反复抽打我

古老的火山岛就在不远处
想到源头的事物
好像有些什么
再一次，在隐秘地轻轻抽打我

安乔子的诗

安乔子，本名冯美珍，85 后，广西北流人。中国作家协会会员。出版诗集《在清晨采集露珠》。曾获诗探索·第十届红高粱诗歌奖、第六届叶圣陶教师文学奖。

高原

所有的山顶都集合在一起
就成了高原
它的高度在山巅之上
能和雪山媲美
当一群牦牛从高原上走过
它们硕大的身躯似乎又把高原
推向了另一个高度
更加地挨近天空
更加地懂得悲天悯人

雅北的诗

雅北，本名陈亚北，现居广西柳州。中国作家协会会员。曾获广西年度诗人奖，有诗入选多种选本。

艾草，艾草

艾草灯笼熄灭前，早晨梳洗头发
黎明以后，阳光蔓延

我看见平整的田野
冒出柔绿，像风吹褶皱的山坡
草缓慢生在密集的灌木丛

我们要去的林子，终于亮了
和过去的相似，麻雀传来
伐木的斧子声

父亲老了，他熟练地扔下斧子
坐在树桩上，数着年轮
命运在他的指尖伸出春天的花

海南女诗人

艾子的诗

艾子，20 世纪 70 年代出生于海南，毕业于海南师范大学。中国作家协会会员、海南省作家协会副主席。出版作品《寻找性别的女人》《异性村庄》《静水深流》等。作品被译成英、法、德、韩、土耳其等多种语言。曾获 2019 两岸诗会桂冠诗人奖、第三届博鳌国际诗歌年度诗集奖等奖项。

一到夜晚就想发芽的土豆

夜晚，是造物主
体恤人类的一种方式
劳作暂停，允许万家灯火
交互辉映、愉悦共处。亦允许我的
不良情绪明生暗长
发芽抽蔓

都说眼泪可自我疗愈。小区的走道上
身后脆脆的声音：
打扰一下，阿姨，这是你的项链吗？
一条琥珀项链、两个八九岁的孩子
我摇摇头，没有说话
但我多想抱抱他们的美好
抱抱小时候的自己

我看着他们的背影
眼泪滂沱

——谢谢你，孩子
我会拔掉再度滋生的芽蔓
清除成年世界入侵的毒
我会还给明天

一个健康的土豆

新移民

她或许叫香樟，或许叫黄槐
我注意到她不是因为树种，而是她
身上挂着营养袋。园林工
正把药物输入她的血管
作为植物
她刚经历了一场人为的别离

她或许丢下年迈的父母
孩子哭喊妈妈的声音渐行渐远
她上了一辆大卡车
被迫移植到高档小区
其他的植物都绿了，一场雨后
千百朵玉兰受孕，再过两天
她们将集体穿上婚纱
绽放盛世容颜

只有她，拒绝进食
掉光叶子的躯干只想变成干柴
一阵春风吹来
她枝丫上的鸟也飞走了
我伸手抚摸她，是的我懂她

当村民都进城务工
村庄日渐变成空巢
一棵树，却想用她的余生
坚守乡野、老人，和留守儿童

广东女诗人

郑小琼的诗

郑小琼，诗人，生于 1980 年，四川南充人，现居广东广州。出版中文诗集《女工记》《玫瑰庄园》《黄麻岭》《郑小琼诗选》等，出版法、英、意、荷、德、越南、印尼等语种诗集多部。多次受邀参加柏林诗歌节、鹿特丹国际诗歌节、法国"诗人之春"等国际诗歌节活动，诗歌被国外艺术家谱成不同形式的音乐、戏剧在美国、德国等国家上演。曾获人民文学奖、十月文学奖、屈原诗歌奖等奖项。

菜园记

月光打开菜园里的栅栏，那温驯的
可怜的、动情的芹菜投下两道影子
芫荽的翠微、茄子的紫陌
顺从古典的祖父在桌前用墨汁写下
北林朝日或高台悲风，月光从身体的
关节处注入体内，让他难以看清的幻象
那些专注在内心或者记忆中确切的事物
比如：卷耳、谖草、荇菜……难以探询的
世俗与人心，他用古老的《诗经》遮掩
寂静月光里的乡村所蕴含的秘密
菜园的韭苔拓展开时间的域地
窗外的嘉陵江空旷得无法辨认
祖父从一株莴笋尖上获取精神的力量
月光纠正黑夜中的苦瓜寄寓的意义
孤独的菜园接纳祖父同样的孤独
从那细小的叶片间寻找隐藏的黎明

青菜的身体里有祖父的声音与境况
它们向现实诉说所有的秘密，他惊叹
菜园赋予乡村温驯而野蛮的宿命

后园记

灯盏在我的周身点亮纯黑的奥义
倘若万物似冬日空镜，人生花树般守候
沟渠与明月切割的黄昏，回忆免于枯萎
这无限抽象的天空（你描述的未来的颜色）
群星纷纷凋零，鸟只盗走群山的翠绿
凋零的云顶，一颗素净之心探到露之清凉
灯盏浓密的阴影间，落日热烈地跃过
清涧，它背后那张穿灰衣服的脸
那张父亲的脸，斑鸠似的脸
它们用虚静推开桉树林间的足迹
很快，秋天划开斑斓的兽皮
那时，我跟风交换了位置
那时，山峰与我相对，落叶在远处
我会想起山谷的白雾像时间的忧伤
布满后园，一行雁队靠着自身的羽翼
照亮深夜寂静的天空，而我在后园
在灯下读空中无字的典籍

阮雪芳的诗

阮雪芳，著有《钟摆与门》《水的肖像》《尘埃喜鹊》等。有作品谱成歌曲和打击乐在国内外演出。曾获广东省第十一届鲁迅文艺奖、广东有为文学奖诗歌奖、深圳青年文学奖。

我们

一只机器静静望着
另一只机器
一只机器挽起另一只机器的手
一只机器
用意念进入另一只机器
一只机器的心脏坏了
它以为自己有心脏

一只机器
听见另一只机器的喃喃声
它以为那是语言
神的语言
一只机器掉光了头发
它以为自己有头发
一只机器恣肆饕餮
它以为吃进去的都会消化

一只机器躲在房间里哭泣
它以为不是牢狱

一只机器
暗地里想念另一只机器
它以为是爱情

一只机器把左脑卖掉
一只机器又把右脑买下
他们以为得到了智慧
一堆零件

一只机器走很远的路
到达身体的临界点
一只机器睡着了
看见另一只失眠的机器

黑暗中
一只手按下
最后的开关

AI　陆小雪

地铁。电梯。走路。楼梯。
独自一室。
七人一室。
没有一株绿植。
虎尾兰，孔雀竹芋，多肉植物，沙漠玫瑰
植物围困
电脑，人。活动，人。沉默的书籍。
不知怎么来到这里——
深圳，东莞，藤县，潮州，广州。
时间，空间。分离的生活，身体是黏合剂。

对话，阅读，没准备的思想。
梵心，犬马，士子，过去心——
盛放在玻璃杯，煮红酒。
"我愿所有的经都是白，一颗心跳在灰烬……"

宝蘭的诗

宝蘭，中国作家协会会员、中国诗歌协会理事、深圳市作协副主席、宝蘭文学基金会理事长。参加《诗刊》社第十届"青春回眸"诗会。

多年以后

那些不请自来的风
经过极夜的寒冷，跋山涉水
终不敢老去
她相信那个远行的人
仍旧会从山间小路走来
她在等，总会归还一个春天

杏花开了又谢，柿子绿了又黄
南方的红棉从高处散落
如果你终究不慕春色
我又何必在意褪去身上透彻心扉的红

依稀记得离别的下午
我是一条让开的路，我的孤独是岸，是那株单瓣的兰
是流水之上漂浮的一堆词语
因过多考虑水的感受
以至于忘记裸露的胸膛，正被一点点掏空

不敢想，多年后还将失去什么

如果你是一道彩虹
注定会出现在我哭过的地方

一个人的小路

我更愿意选择相信一条小路
除了铺满落叶
你不会突然停顿或深不可测
一到春天，满树的繁花
就会目光坚定地咬住你的衣袖

你经过的山河，秋白，夜风
清晰地召唤，都会剔除
内心的兵荒马乱
如果累了可以找一个停靠点
看看埃利蒂斯疯狂的石榴树
不必担心大雪趾高气昂地来临

风不停抽打路边的小野菊
更多故事和经验被挤进这条小路
茫茫的秋天噗噗地落下了
我选择注视季节与时光的擦痕
和宿命里的那一点暖意

当一朵云飘过的时候
你在热爱的清晨掏出诗句
一只被隐喻的蜜蜂返回蜂巢之前
加深了对小路的记忆
你将这样走下去
直到视它为生活的全部意义

安然的诗

安然，满族，1989年出生，内蒙古赤峰人，现居广州。出版诗集《北京时间的背针》《我不是你的灌木丛》《站在星光的袖口上》《正在醒来的某个早晨》《骑马路过达里诺尔》。获草堂诗歌奖年度实力诗人奖、《草原》文学奖、广东省鲁迅文艺奖、名人堂年度十大诗人奖、李杜诗歌奖等奖项。

北疆之歌

草原上，我爱——
亲人，牛群，和九十年代初的红砖房
我爱——
河流，午后，阿鲁科尔沁迁徙的部落
粗糙的脸，空中的彩旗，奶桶里的冰块
马背上的风，罕山的落日，和一支摔跤的队伍
我爱——
冬日里，它们睫毛上的薄霜
我爱——这些枯草，断枝，苍茫，贫穷的过往
我爱——她们跳安代舞时无尽的激情

罕山踏雪

忙碌的星空下
是呼麦穿过众人的耳廓带来的雄浑
是无数麦穗整齐地看向西拉木伦

是罕山支脉上陡峭的石子轰然坠落

我们缓慢的步伐在雪中深嵌
毡帐里炭火燃烧
这冬日的凛冽
并没有因为人群的骤增而延长白昼
我们继续沿着这场雪、这霜枝颤抖的清晨
折返于罕山雪亮的未来

布非步的诗

布非步，当代女诗人，曾用名布尔乔亚，籍贯河南南阳。

到微澜山谷去

一瓣瓣桃花映衬着湖水
"看上去就像一条热带鱼
在映出万道金蛇的一泓清水中穿梭游泳"。
横向条纹的帆船像一个个隐喻
人生也许就是这样靠色彩缤纷
的想要去微澜山谷的夜晚组成。
而我和桃花不断交换位置
桃之夭夭吗？分离有钝痛吗？
——每一滴泪水都完成了春天的回应

这是微澜山谷的时间
我带着从和林格尔归来的
尘土在一株鹰嘴桃树的
影子里穿过

一簇花蕾又一簇花蕾
握着词语深处的秘密
而她们只需要一个拥抱

生日

镜中人，当我远离你
我不能像其他女人一样投入你的怀抱
不知名的光阴会带我们走向哪里
经过了篦杜鹃、酩酊树和迷迭香
某个必然降临的瞬间，我犹疑的
迟钝的语言不能安抚你的睡眠
悬崖边簪花，为寻找戴着面具
梦里曾经的新娘？
你的疼痛像长长的被割裂
的背影——
当我流下眼泪，在你的缄默中
我的后知后觉有了一层薄薄的盐
在孤独中；最后的彩球已经启程
向深渊中的岁月道歉
向生日蜡烛道歉
我允许并爱上你的黑暗

许晓雯的诗

许晓雯，中国作家协会会员。组诗翻译有日语、阿拉伯语版本，入选国外刊物。已出版诗集《孤独是沉默的金子》《共占春风》（日语版）等多部。现居广东省东莞市。

今天有朵云爱我

今天有朵云爱我
在天空的画布上轻柔地掠过
它并不急躁
只是静静地漂浮，像一位古老的诗人
用无声的笔墨书写着白昼的诗行

我仰望它，它也俯视我
在无尽的蓝色里，我们分享着一份宁静
这份宁静
如同晨曦下的微风
拂过心灵的湖面，泛起涟漪

云的爱是无形的
没有誓言，没有拥抱
只有那一刻的交集
在高空中留下了一抹淡淡的白

孔鑫雨的诗

孔鑫雨，山东菏泽人，现居东莞。孔子第80代"佑"字辈孙。中国作家协会会员，著有九部长篇玄幻小说，出版言情小说《你是我放不下的心动》，诗集《揽梦听雨》《墨尘》，韩语诗集《娃》等。诗集《墨尘》被诗歌春晚评为"十佳诗集"。获东莞市"文艺两新"代表作家称号等荣誉。

镜子里滑落的羽毛

镜子的背面是另外一面镜子
关上灯，戴着面纱的人
在镜子里隐去忠实的身体

穿透窗帘的月光摆脱桎梏
用另一种语言
唤醒沉睡的白马

骑士提着灯盏，解救黑夜
持续瞬间的永恒

潮湿的夜晚
滋养花蕾
眼睛注视着眼睛
宇宙涌动

风暴来临前

她褪去自己的羽毛
接受风雨的洗礼

香港女诗人

何佳霖的诗

何佳霖，笔名度姆洛妃。中国作家协会会员，香港女作家协会会长。文汇报影评专栏作家，诗人。

一湾新月空出来的部分谁偷了去

从灰黑里酿出几抹胭脂的颜色
落日从城市跑到郊外一户人家的山顶
这么大片的稀罕奇景，鼓舞了田里人的平凡
孤独是走向圆满的十万只小脚
一定要用哲学的眼睛审视人间吗？
那么一湾新月空出来的部分
谁偷了去。

人间如此陌生

酒气在虚空中弥漫
它消失的速度比血痂形成的速度要慢几拍
夜第一次在我生命的意识中停滞想象
我仿佛脱离了喧嚣的一场场布局
世界毫无表现，像从来不存在的怒放与纷争
那些走向死亡的排序可能因此被打乱
人类开始惶恐不安
人间如此陌生，我和他们的色身都如此陌生
在这虚拟的博弈中

酒气和血痂
让我们误入歧途让我们误入歧途

史云彦的诗

史云彦，笔名云影，现居香港。出版诗集《必要条件》《西贡海岸》《植物歌剧院》等。

植物歌剧院

在夜里
灯心草唱起第一乐章
木犀，含笑，一棵沉香树发着光
夜没有边际
这歌声因而传开去
使君子弹奏起竖琴
忍冬低吟
月亮高高地接了过去
几乎所有的夜晚
我贴着大地
被这欢乐的真切给拉了进去

时间的花朵

一个人走后
就像一所房子熄灭了灯火
然而他在
餐桌上摆放着昨日的生活
花园中盛开着时间的花朵

他交谈，聆听，给出意见
表达心意，他仍然能够产生影响
尤其是
在爱里面
那个在黄昏时分回到家中的人
他打开灯盏
打鼓岭的浓雾突然消散
他发现了时间，会重新集结在飞鹅山

澳门女诗人

袁绍珊的诗

袁绍珊，出生于澳门，北京大学双学士，多伦多大学双硕士，清华大学博士。曾获首届"紫金·人民文学之星"诗歌大奖、"美国亨利·鲁斯基金会中文诗歌奖"、台湾"时报文学奖诗歌大奖"等。著有诗集《太平盛世的形上流亡》《Wonderland》《爱的进化史》及散文集《喧闹的岛屿》《拱廊与灵光》。

法多女伶

也许金属亮片和离散植物将占领今夜。
表明来意的葡萄酒先生，纸康乃馨小姐。
众人，将近距离目睹，一场赛局，
目睹危险的引线，试图为命运，解围，延绵另一片大陆。

也许今夜将滋生新的地景。音符着墨于
复活，盐巴腌制的盛夏，摇曳危崖之花。
今夜的梦注定有飓风、鬃毛与海，
注定，以极蓝的颜色做将来。

散步

黄昏的时候，习惯和自己散散步
每天活好几次，衣服的褶折都有故事

天朗气清，往山上推一块巨石

如果下雨，摘几朵小巧的蘑菇

爱笑的星星，需要孤独的仪式
像衬衫需要口红，像魔术师需要兔子
白马已至，我就是自己的圆桌武士

一个铃铛，一头大象，一只猫的日常
芦苇撑起万物之谜
一朵荷花在晚风中独唱

有些我瑰丽倔强
有些我野蛮生长

飞翔的时候，收起降落伞
相爱的时候，打开遮阳板

仿佛明天全无恶意
仿佛往事皆可原谅